ANDRÉ WARWAR

A PRIMEIRA LUZ DAS JANELAS

EDITORA
Labrador

Coordenação editorial
Pamela Oliveira

Preparação de texto
Leonardo Dantas do Carmo

Projeto gráfico, diagramação e capa
Felipe Rosa

Revisão
Laila Guilherme

Assistência editorial
Gabriela Castro

Ilustração de capa
Anizio Correia

Dados Internacionais de Catalogação na Publicação (CIP)
Angélica Ilacqua – CRB-8/7057

Warwar, André
A primeira luz das janelas / André Warwar. – São Paulo : Labrador, 2020.
80 p.

ISBN 978-65-5625-024-3

1. Crônicas brasileiras I. Título

20-2025 CDD B869.8

Índice para catálogo sistemático:
1. Crônicas brasileiras

EDITORA
Labrador

Editora Labrador
Diretor editorial: Daniel Pinsky
Rua Dr. José Elias, 520 – Alto da Lapa
05083-030 – São Paulo – SP
+55 (11) 3641-7446
contato@editoralabrador.com.br
www.editoralabrador.com.br
facebook.com/editoralabrador
instagram.com/editoralabrador

Dedico este livro à minha amada mãe, Marluci, do Clã dos "Tamancos Voadores". Quando eu e meus irmãos botávamos fogo na casa, inclusive literalmente, ela aparecia desesperada. Saíamos correndo. Tirava o tamanco de madeira e o arremessava. Não errava uma.

É uma pessoa incrivelmente justa. Formou nosso caráter com muita ética. Deixou um emprego de marajá para se dedicar à nossa criação. Deu-nos o melhor. Esteve ao meu lado nos momentos mais difíceis, mas também nos mais felizes. Cumpriu o seu destino. Foi MÃE.

Sempre fiz tudo na vida para deixá-la orgulhosa. Hoje quem tem orgulho dela sou eu.

SUMÁRIO

— PREFÁCIO —

Vocês me perdoem se a página saiu meio tremida, mas é a emoção. Afinal, este livro, para mim, não é exatamente um livro, mas uma celebração, uma festa.

André é meu amigo há mais de quarenta anos e vocês imaginam a minha alegria ao rever essas histórias, com os enredos, cenários e personagens que conheci tanto. Acreditem, foi tudo assim, tão interessante, divertido e profundo, como ele conta aqui. Claro, lê-las em páginas impressas, escritas assim, e bem escritas, é ainda melhor, porque carregam consigo a porção extra e especial de originalidade, o estilo personalíssimo, o jeito Warwar de contar histórias. Mesmo através do papel, ou da tela do computador, fica parecendo que André está aqui, ao nosso lado, narrando com sua natural empolgação cheia de exclamações, com sua sinceridade desconcertante geradora de risadas espantadas, as suas aventuras, lembranças e pensamentos.

Conseguir isso não é fácil, acreditem, eu tento todos os dias contar uma boa história. Para André parece simples – as ideias, os causos, as sacadas lhe vêm aos jorros, quase que ininterruptamente. Há quem diga – ele, mesmo, inclusive – que é genético, talento herdado de seu pai árabe, por quem tem imenso carinho. Carinho esse, aliás, que compartilho. Como esquecer as lendas, os casos, as histórias contadas pelo bom e velho Victor, na praia, à noite, enquanto esperávamos o peixe fisgar os anzóis da nossa pescaria de pipa? Muito delas a gente desconfiava, por tão boas, que eram inventadas. Deviam ser, o que importa? Como também não importa como ou por que André se tornou esse grande fabulador de histórias vividas. O importante é que seu livro está aqui, repleto delas, prontinho, esperando por você.

Boa leitura. *Sallaam Aleikum*, malandragem!

Celso Taddei – amigo, escritor e roteirista

INTRODUÇÃO

UMA VIDA EM DEZESSETE DIAS

Sempre gostei de contar histórias. Aprendi com meu pai. Refugiado palestino, veio de Nazaré, sua cidade natal, para o Brasil com dezessete anos e poucos dólares no bolso. Trouxe com ele também muitas lembranças de sua infância simples, que compartilhou comigo e meus irmãos ao longo de nossa convivência. Eram passagens divertidas e felizes. Além disso, adorava nos ensinar através de metáforas. Muitas vezes, eu trazia para ele questões de vida complicadíssimas esperando uma solução pronta. Ele ouvia pacientemente, balançando a cabeça, como quem concordasse. Quando eu terminava de falar, me olhava sorrindo e começava a contar uma longa história, atestada de significados e reflexões. Na época isso me deixava frustrado. Hoje percebo que, em vez de resolver os problemas para mim, me deixou um arsenal de fábulas e metáforas que me ajudam a superar todas as dificuldades que encontro em meu caminho. Tenho um orgulho e uma responsabilidade enormes em passar isso adiante.

A internet me ajudou a compartilhar minhas experiências com milhares de pessoas. Primeiro os blogs. Tive um: "Fácil falar de mim, difícil ser eu". Depois vieram as redes sociais.

Meus contos começaram a aparecer por lá. Mas foi fazendo palestras sobre a importância de ser feliz no trabalho para ser feliz na vida que a ideia deste livro surgiu. Contava, brevemente, a história "A primeira luz das janelas". Resolvi, então, colocar fragmentos de minha vida em papel.

Gosto de viver me imaginando num filme. Penso: "Qual seria a trilha sonora do meu personagem? Qual é o ponto de virada? Em que vezes estou no papel de herói? E de vilão? Quantas vezes escrevi com minhas atitudes cenas dignas de serem filmadas?". Da minha vida, tenho certeza, sou protagonista.

O que tenho de especial ou diferente para escrever um livro sobre passagens do que vivi? Talvez esta seja a grande reflexão que proponho ao leitor. Que história de vida você está escrevendo?

Pense no seguinte. Quando chegar ao fim da linha, vão colocar um lápis e uma folha A4 na sua frente e pedir para que você escreva o melhor do que viveu, a diferença que fez na vida do outro, na vida de quem o cerca, e quais histórias deixa para seu filho ler sobre você. A sua folha vai ficar em branco? Escolhi, dentre vários, dezessete dias de vida para colocar no papel.

Tudo que você lerá a partir daqui, eu vivi de verdade.

ANDANDO NA LINHA

Estudei em colégio de padres. Parecia mesmo uma escola militar. Todos os dias, quando chegávamos, tínhamos que ficar agrupados. Era um anexo de três ou quatro andares, e suas lajes cobertas davam vista para uma piscina interna que devo ter usado, nos dez anos que passei por lá, umas três vezes no máximo!

Havia, mais ou menos, umas trezentas crianças por série, e cada grupo tinha a sua laje. Quase todos os dias rolava uma porradaria. A molecada gritava e se divertia vendo os amiguinhos se esbofetear. O maior sinal de vitória era arrancar o bolso do coleguinha. Com a mensalidade naquele preço, nada mais justo que umas lutinhas de MMA por conta para ajudar a passar o tempo. Detalhe: quando o inspetor chegava, ninguém falava nada. Igual cadeia.

Naqueles grandes ringues, no chão cartesianamente pintado em distâncias simétricas de dois em dois metros, havia números de um a nove. Todo número de turma começava pela série. Turma 15 (quinta turma da primeira série), turma 25 (quinta turma da segunda série), e assim por diante. Quando dava a hora de entrar para as salas, tocava-se um sinal. Era hora de formar uma fila atrás do número de sua turma. Claro, tinha uns oprimidos que já estavam em frente ao número desde a hora em que chegaram.

Quando as filas estavam formadas, ficávamos aguardando as professoras, que vinham em gangue. Cada professora ficava na frente da sua turma. Quando já estavam todas em posição, a "tia" da turma 11 levantava a mão – sinalizando para as demais o início da marcha até as salas. Os pelotões saíam em ordem: um atrás do outro a caminho de outro prédio. No chão dali até a entrada havia uma linha. Todos os dias, religiosamente, as professoras repetiam sem parar: "Andando na linha, andando na linha!". Imagina uma criança de oito anos passando por isso de segunda a sexta. Não dava... Um belo dia, de tanto ouvir aquela porra de andar na linha, comecei a achar que era comigo. Bom, para ver se conseguia parar com aquilo, abri os braços como um equilibrista e, um pé depois do outro, caminhei exatamente em cima da linha. Igual àquele malandro que atravessou as Torres Gêmeas na corda bamba. Mano, se já era difícil fazer aquilo no chão de cimento, imagina lá em cima!

Enfim, continuei por alguns metros até que me desequilibrei e, claro, saí da fila. Na mesma hora, a professora me mandou para a coordenação: levei uma bela lição de moral sobre meu mau comportamento em nome do senhor Jesus. Fiquei tão revoltado com aquilo que foi ali – em 1977 – que resolvi nunca mais andar na linha. Foda-se o mundo e um abraço.

CIGARROS

Fumei meu primeiro cigarro aos oito anos. Nada perto do que aquele gordinho indiano fez, mas fumei. Lembro-me vagamente... Fui acordar minha mãe – muito cedo, por sinal –, e ela, ainda cansada, mandou algo do tipo: "Dá um tempinho aí". Ato contínuo e com um gesto mecânico, como quem conhece cada centímetro do local, mesmo de olhos fechados, estendeu a mão na cabeceira, pegou um cigarro e acendeu. Hoje as pessoas acordam vendo o WhatsApp; antigamente acordavam fumando. Aliás, o celular é o novo cigarro. Bom, fiquei com aquilo na cabeça. Um belo dia, fui à cozinha, roubei um cigarro, acendi e dei umas tragadas. Quase morri, pela primeira vez, aos oito anos.

Tempos depois, aos doze, comprei no clube um maço de Minister. Nome de cigarro é um negócio foda. Porra, como você não vai se sentir importante aos doze anos fumando um Minister? Péssimo... Acabei jogando fora o dinheiro de um pacote de balas Boneco, que era exatamente isso, um pacote cheio de balas rosa na forma de um boneco. Inclusive, o boneco me fazia lembrar a estatueta do Oscar (eram muito parecidos). Em vez de ganhar, "traguei" um Oscar ainda moleque.

Aos catorze anos comecei a fumar de vez. Muita gente da minha idade fumava. Inclusive no colégio: Marlboro, John

Player Special e, finalmente, fiquei com o bom e velho Hollywood, cujo *slogan* era "O sucesso". Exatamente agora, de relance, veio uma luz: já tinha uma ligação minha com o cinema naquelas tragadas. Na verdade, passei também por um que eu adorava fumar: Ella. Na época, frequentava um bar chamado Let It Be. Todo sábado, eu ia lá assistir (sozinho ou mal acompanhado) a uma banda chamada A Trilha, que tocava, obviamente, The Beatles. Adorava ficar ali vendo o cara tocar bateria. Nem me lembro do resto. Mas adorava.

Minha paixão pela bateria, instrumento que toquei por anos na Mau Cia, banda que tive com meu grande amigo Fabão, veio de um vídeo de "Sultans of Swing" que vi no telão de uma casa de shows chamada Cassino Titanic. Porra, que ideia de gênio, né? Colocar num negócio o nome de algo que afundou... Bom, foi fumando Ella que tomei de vez a decisão de tocar tambores. Ella era um cigarro fininho com detalhes em flor, feito para mulheres. O *slogan*: "Gosto de ser mulher". É isso mesmo. Não era "Gosto de ter mulher" ou "Gosto de mulher". Tinha que ser muito macho para fumar Ella. "Ser um homem feminino não fere o meu lado masculino", bem disse Pepeu Gomes.

Minha vida, até então, foi marcada por cigarros. O primeiro beijo, por exemplo, dei numa fumante. Nossa! Aquela língua seca, com sabor de tabaco vagabundo, deixou-me com uma péssima impressão sobre o ato de beijar. Ironicamente, anos depois, foi a falta de um beijo que me fez parar.

Já com dezoito, fumando desde os catorze, estava namorando a Andrea. Ela reclamava do cigarro o tempo todo. Eu ia e voltava pra casa dela fumando sem parar. Um dia, indo embora de lá, já na porta, pronto para entrar no meu Gol Copa, fui dar um último beijo. Ela recusou. Olhou em meus olhos e falou:

"Nunca mais te dou um beijo enquanto você fumar. *Te amo, tá?*". Colocou-me para fora e fechou o portão em seguida.

Depois de maços e mais maços de "Gosto de ser mulher", "Hollywood – O sucesso", "Bem-vindo ao mundo de Marlboro" e "Minister, o sabor para quem sabe o que quer", parei.

Entre os beijos da mulher amada e os maços de cigarro, foi fácil escolher: nunca mais coloquei um cigarro na boca.

Nem os de chocolate.

O DIA EM QUE FUI PAI DO MEU PAI

Minha avó Dioguina, a "dona Guina", foi morar com a gente assim que nasci. Ela e meu avô Cassiano continuaram juntos, mas cada um na sua casa. Modernos. A coroa era a pessoa mais incrível que conheci.

Quando eu era bebê, ela me colocava para ninar com uma música que compôs só para mim: "Andrezinho, espírito de luz, vieste aqui para trazer muito amor". Como me dava carinho aquela velha.

Foi arrumadeira de hotel, onde juntava gorjetas para mandar fazer os vestidinhos da minha mãe. Dizia ela: "Marluci, se esta semana tiver muito hóspede saindo, a gente consegue comprar aquele tecido que vimos nas Casas Pernambucanas e levar para dona Dulce costurar". Depois disso virou auxiliar de enfermagem, em posto de saúde da prefeitura. Ela me ensinou a dar injeção, me usando de cobaia. Hoje dou injeção a torto e a direito. Trabalhava tanto dona Guina, que dizia que só ia descansar quando morresse.

Na época em que nasci, minha vó era espírita. Meu nome, André Luiz, foi promessa. Depois virou testemunha de Jeová, escrevia dezenas de cartas à mão, iguais, e saía para pregar. Lembro-me bem de quando, ainda pequenos, meus irmãos e eu dormíamos com uma cama ao lado da outra, como num alojamento, no mesmo quarto que ela, que se deitava num sofá-cama. Ainda na casa em que morávamos na Lagoa. Todo dia, antes de dormir, ela nos contava uma história, às vezes mais de uma. Pedíamos outra e mais outra. A coroa, cansada, repetia: "Era uma vez um pinto pedrês, queres que te conte outra vez?".

Perdi a conta das vezes em que me ajudou, em todos os sentidos. De uma ocasião, me lembro em especial: precisava ler um livro nas férias. Porra, dever de casa nas férias é ridículo, mas fazer o quê? Acabei deixando para a última hora.

Bom, no último dia das férias não tinha lido uma linha sequer de *O Mágico de Oz*. Desesperado com a fogueira da Inquisição que me aguardava no dia seguinte – afinal, estudava em colégio de padres –, entrei em pânico. Tinha uns onze anos. Lá foi minha vó ler o livro inteiro em voz alta para mim. Dormi aos seus pés.

Enfim, foi mais minha mãe do que minha mãe, até o dia em que fui pai do meu pai.

Acordava bem cedo todos os dias para ir à escola. Minha vó Guina, é claro, mais cedo ainda, para preparar meu café. Sempre fazia um suco de morango com laranja, que adorava, e um mistinho quente no pão de fôrma Plus Vita com queijo prato derretido no ponto certo.

Num certo sábado acordei atrasado. Mesmo sabendo que ela estava na cozinha me esperando, fui direto para o elevador. Ela, ao ouvir a porta bater, correu ao meu encontro. Eu já estava do lado de dentro, pantográfica fechada, quando ela colocou o rosto na janelinha da porta e falou: "André, você não tomou nem o suco!". Consegui trocar um olhar por um instante, antes de descer mais um andar e dizer: "Te amo, vó!". "Também te amo", respondeu ela, já com a voz mais distante.

No colégio, todo sábado, tinha aula na sala chamada "Estudão". Cabiam duas turmas. Uma espécie de reforço. Matéria do dia: geometria. Adorava aquele monte de equipamentos: compassos, transferidores, lapiseira, grafite e esquadros. Lá no meio da aula, a porta se abriu. Coisa rara uma aula no Santo Inácio ser interrompida. O professor Ernani cochichou com alguém, virou-se pra sala e gritou: "André Luiz Warwar! Você vai precisar sair mais cedo". Meio sem entender o porquê, num misto de alegria e desconfiança, catei meu material e saí em disparada, rumo à porta. Chegando do lado de fora da sala, estava lá a Lira, que era sócia do meu pai na Criações Carolina. Estranho, bem estranho.

Bom, ela me pegou pela mão e falou com sotaque gaúcho, bem marcado: "Tua avó sofreu um acidente e tua mãe me pediu para te buscar, mas não te preocupes". Bateu um sonho ruim. Chegando do lado de fora, o Zé, marido da Lira, aguardava no volante do seu Chevettinho vermelho. Embarquei atrás e rumamos pra minha casa. A imaginação de uma criança é uma coisa foda. Imagine o que eu estava imaginando. Bom, o silêncio profundo foi rompido quando o Zé se virou para Lira e perguntou baixinho: "Já contou?". Ela suspirou, virou-se para mim, colocou a mão firme em minha perna e me deu um tiro à queima-roupa. "Prepare-se para o pior."

Na frente de casa, do outro lado da rua, tinha um ponto de ônibus bem perto de uma linda árvore frondosa. De longe percebi uma aglomeração. Quando olhei para o lado direito vi, prensado junto à árvore, sob uma mancha de sangue, um corpo. Estava coberto com um plástico negro. Reconheci dona Guina pela mão que jazia do lado de fora daquela mortalha improvisada. Um cara, numa Brasília, voltando da bebedeira, subiu no ponto de ônibus, atropelou doze pessoas, matou três. Uma era minha avó. Descansou aos cinquenta e cinco anos.

A confusão na portaria do prédio era enorme, escapei para dentro do elevador e subi. Queria encontrar meus irmãos. A casa estava cheia. Corri para o quarto. Alexandre e Rony não estudavam aos sábados e foram acordados com a notícia. Estávamos os três transtornados, gritando, urrando de dor. Quinze, catorze e treze anos. Minha irmã, Maria Carolina, tinha oito. Ali, naquele quarto, andávamos sem parar fazendo perguntas para Deus. Que Deus? De tempos em tempos íamos até a janela para ver. Não conseguimos acreditar. Numa dessas idas, vimos meu avô caminhando até lá. Levantou o saco preto, cobriu de novo, sentou-se no chão ao lado dela. Destruído.

Desde pequeno fui acostumado pelo meu pai, nos milhares de conversas que tivemos, a tomar decisões, liderar. Num instante, virei uma chave. Parei de chorar e fui aprender como se resolvia uma situação como aquela. Saí do quarto e fui atrás do meu velho. Antes disso, passei na cozinha, estava com sede de tanto chorar. Na geladeira, encontrei guardado por ela o copo de suco que deixei de beber por causa da pressa. Lembrei do beijo e do abraço que não vivi naquela manhã. Ainda sinto falta desse momento, que nunca existiu.

Fui encontrar meu pai lá na calçada. O coroa, como de costume, estava empenhado em resolver as coisas. Não tinha derramado uma lágrima. Meu pai tinha uma relação conflituosa com minha avó, mas nada fora do normal. Aquele clichê de sogra e genro. O que ele queria mesmo naquela hora era tirar o corpo dela dali. Era muito sofrimento para todos nós. Depois de umas duas horas o rabecão apareceu. Partimos para o Instituto Médico Legal.

Chegando lá, seu Victor teve que entrar para reconhecer o corpo. Demorou bastante. Enquanto isso eu o aguardava sozinho observando as pessoas indo e vindo, alheias ao meu luto, na Rua dos Inválidos. Quando saiu lá de dentro estava desnorteado. Ao me ver, encostou no muro, escorregou ficando quase da minha altura e começou a chorar. Chorava sem parar. Chorava de soluçar. Um choro sentido. Profundo. Depois de algum tempo conseguiu tomar ar e falou, ainda aos soluços: "Ela morreu sem saber que eu a amava! Ela morreu sem saber que eu a amava...", perdendo em seguida o fôlego. Não tive dúvidas: abracei meu pai com toda a força que tinha. Peito colado um no outro. Corações batendo em uníssono. Depois de um tempo me afastei o suficiente para olhar em seus olhos. Falei o mais firme que pude: "Sabia, sim, sabia, sim". Naquele instante fui pai do meu pai.

Descobri também que heróis não existem. Somos todos seres humanos.

SUCO DE PEROAMBÁ

Antes de terminar o segundo grau, estudei no Catete. Da Silveira Martins, onde ficava o colégio, até a loja em que trabalhava, na Rua das Laranjeiras, era uma boa caminhada. Havia duas paradas obrigatórias. Amazônia, uma confeitaria e restaurante que vendia o melhor rissole de camarão do mundo, e a Rick Sucos. A parada dependia do orçamento. Uns dias um suco, noutros rissoles de camarão.

A Rick era uma suqueria tradicional. Frutas de todos os tipos, cores e formatos enfileiradas de uma ponta a outra naquela loja de esquina gigante. Uma vez, tomando meu suco preferido, morango com laranja, engatei uma conversa com dois turistas alemães.

O Catete é um bairro povoado de pessoas de todas as partes do mundo. Como já foi o centro da capital da República, tem dezenas de hotéis antigos, a preços convidativos; além disso, tinha metrô.

Estavam os dois encantados com a quantidade de frutas exóticas. Experimentavam todos os tipos de sucos que podiam. Conversamos sobre a diversidade de sabores e "texturas" que aquelas delícias naturais continham. Bem diferente dos *milkshakes* do McDonald's do outro lado da rua. Um detalhe: os turistas não tinham partido para as misturas. Deixaram de lado a alquimia e, com isso, ainda não conheciam delícias como melancia com goiaba, o tradicionalíssimo abacaxi com hortelã e, principalmente, o meu preferido: morango com laranja.

Como embaixador das frutas do Brasil, não me fiz de rogado: "Salta dois sucos de morango com laranja aí, seu Zé!". Fazia questão que não saíssem dali sem conhecer aquele sabor que misturava a doçura e a acidez perfeitamente harmônicas do morango com a refrescância da laranja.

Ao primeiro gole, sentiram aquela cosquinha gostosa bem atrás das orelhas. O sorriso Kolynos veio logo em seguida. Estavam maravilhados! Ficamos ali alguns minutos, trocando uma ideia sobre aquela experiência e o sabor daquela mistura tão exótica. A pergunta que veio a seguir já estava no roteiro: "Qual o nome desta fruta?", disparou um deles. Não tinha ainda explicado, àquela altura, que estava misturando duas frutas. Não sei bem o porquê, mas esqueci como se dizia *morango* em inglês.

A pergunta ficou no ar. Como sei dar bem meus pulos, mandei depois de dois ou três segundos: "Maninho, suco de peroambá, fruta que só existe na Amazônia. Brasileira!". Eles repetiram umas duas ou três vezes para ver se tinham entendido. "Melhor coisa que já bebi na vida!", enlouquecia um deles. "Só vou pedir isso agora", afirmava o outro. Terminamos o papo. Meti o pé a caminho do trabalho, estava atrasado.

JANTAR À LUZ DE VELAS

Fabão era um grande amigo. Um irmão. Nos conhecemos ainda crianças, lá no Clube Monte Líbano. Crescemos juntos. Vendemos bermudas. Tivemos uma confecção de camisas. Uma banda: Mau Cia. Ele era vocalista, um Jim Morrison tupiniquim; eu tocava bateria. Vivemos muitas loucuras com meus irmãos Alexandre e Rony: bebedeiras de cuba-libre à base de vodca vagabunda, shows e mais shows no Noites Cariocas, algumas brigas em boate, viagens de moto, férias e feriados em Cabo Frio e Saquarema. Todas as vezes que meus pais viajavam, ele se mudava lá pra casa. Usava as gravatas do meu velho quando começou a trabalhar na IBM. Em certa ocasião, entrevistei o Fabão para um programa-piloto que falava de personagens anônimos. Uma mensagem em especial deixou lá: "Muito mais importante que o dinheiro e realizações materiais é realmente você ter amigos na hora em que precisa".

O nascimento do primeiro filho é uma coisa muito forte. Não foi diferente para ele. Seu primogênito, João, estava com alguns meses quando Fábio me convidou para jantar na casa dele. Queria trocar uma ideia sobre paternidade e principalmente que eu pudesse, enfim, conhecer o pequeno. "Você é meu único amigo que tem filho, só você sabe o que tô sentindo de verdade", disse ele.

Era uma quarta-feira. O jantar foi marcado para as oito da noite. Adriana, esposa do Fabão, cozinhava como ninguém. Prepararam um banquete. Desisti de ir, num lampejo, meia hora antes. Liguei desmarcando. Acabei deixando ele na mão. Três dias depois, num sábado à noite, a notícia chegou: Fabão faleceu em Saquarema. Partimos para lá.

Foi uma viagem, em todos os sentidos. Meu irmão Xandão era muito ligado ao Fabão. Muito mesmo. A sensação que tenho é de que ele nunca se recuperou dessa perda. Carrega até hoje o olhar triste que aquela noite lhe deu. No volante do Fiat Marea da minha mãe, colou o acelerador no chão. A sensação que me dava é de que, de alguma maneira, achava que ainda ia poder salvar o amigo. Chovia demais. Eu pedia que ele fosse mais devagar. Não queria morrer também. Me largou no meio da perimetral. Embarquei no carro do Rony, que vinha atrás.

Quando entramos em Saquarema, faltava luz na cidade toda. No caminho até a casa do Fabão, as casas estavam iluminadas com velas. As ruas esburacadas nos obrigavam a seguir bem devagar. Sentado na frente, cabeça encostada no banco e ainda meio tonto com aquela notícia, olhava para aquelas luzes distorcidas pelas gotas de chuva na janela, lembrava do meu amigo e do jantar que não aconteceu.

Chegamos. A casa estava, como todas as outras, iluminada à luz de velas. Na sala, encontramos um senhor que era vizinho. Nos disse que o corpo estava no posto de saúde. Xandão tinha ido para lá. Ouvia, desde que entrei, um choro bem baixinho que vinha lá de dentro da casa. Guiado por aquele choro sentido, encontrei, num dos cômodos, Adriana com o bebê no colo. Assim que me viu, baixou os olhos. O quarto na penumbra, ela e a criança entre lençóis brancos, lembrava uma imagem sacra esculpida em mármore. Diante daquele altar, jurei nunca mais deixar amigo nenhum na mão.

BANHO DE SANGUE

Adorava uma churrascaria com rodízio. Se fosse de beira de estrada, então, melhor. Íamos muito. Como os "passadores" de espeto tinham pressa em servir, volta e meia rolava de pingar umas gotas de sangue na nossa roupa. Um dos meus irmãos costumava dizer: "Vamos lá no banho de sangue". Acontecia de tudo nessas churrascarias. Como sempre gostei de puxar conversa, vi numa ocasião um passador com um curativo no polegar. "Ei, amigão, acontece muito acidente aqui?" Ele me contou vários. A cada passada de picanha lembrava de um. O que mais me chamou a atenção foi o que ele "talhou" a orelha de um menino. Daniel, que do meu lado gargalhava sem parar, no alto de seus oito anos falou: "Só existe um lugar no mundo em que se cortam mais orelhas: cabeleireiro".

ESQUINAS DA VIDA

Dos meus catorze anos até os dezessete, fui ator de teatro num grupo infantojuvenil no Clube Monte Líbano. Lá, entre uma peça e outra em pleno Leblon, conheci Andrea, que, mulher da minha vida, foi mãe do meu filho, Daniel. Era bailarina clássica e atriz, veio contracenar comigo numa peça que estávamos montando. Tínhamos, então, dezessete anos. Apaixonei-me no dia em que, cansada, ela deitou no meu colo. Lembro-me bem da respiração ofegante, do coração batendo rápido, de sua voz carinhosa falando algo sobre a vida. Amor é a conjunção de muitas coisas. Todas estavam ali.

Morávamos longe um do outro. Ela, em Ramos. Eu, em Botafogo. Quando estava chegando o dia de a peça sair de cartaz, entendemos que o tempo aproximara a distância que iria nos separar. As cortinas se fecharam, as luzes se apagaram, e lá estavam dois jovens vivendo o primeiro amor sem saber o que fazer. Pensamos até em terminar. Que lógica é essa? O amor pode durar apenas o tempo de uma peça de teatro?

Eram outros tempos, e como já tinha aprendido a dirigir aos catorze, minha mãe, a muito custo, começou a me emprestar o Monza dela para eu ir namorar. Eram uns quarenta quilômetros. Ainda não havia linha amarela, vermelha, azul, nem nada. Passava por muitas comunidades até chegar lá.

Num desses dias, parei num sinal e vi um senhor, uma senhora e uma criança toda ensanguentada. O menino, fui saber, tinha levado umas pancadas na cabeça e o sangue estava descendo pelo corpo todo. Chorava já sem forças. O senhor parecia estar procurando um táxi, sei lá... Abri a janela e falei: "Entra aí, levo no hospital". Quando o cara entrou, completei: "Só não tenho carteira". Ele disse: "Não te preocupa, sou polícia". Deu-me a famosa "carteirada". Ele entra no banco da frente, a mãe e o menino no banco de trás; sentados em cima de um monte de LPs, que eu estava levando para ouvir com a Andrea. Enquanto ia ao hospital, que não fazia ideia de onde era (só tinha aprendido o caminho de ir e de voltar), o senhor ia me indicando o trajeto; a mãe, falando frases desconexas na parte de trás do carro; e a criança, chorando sem parar. Caos total. Como a vida é *loka*, *né*, mano? De "Romeu" a piloto de ambulância numa parada de sinal...

O coroa começou a falar que era a última vez que o pai do menino ia fazer isso. Pelo que entendi, era um alcoólatra que espancava o garoto sempre que bebia. Que ia mandar "passar" e *talz*.

O choro do menino e da mãe ecoava na minha cabeça, indo e vindo. Até hoje, mais de trinta anos depois, sinto muito. Muito mesmo. Na hora, eu estava tão concentrado em chegar logo, com medo da hemorragia do menino (que não parava), que devo confessar: àquela altura, não senti tanta tristeza quanto sinto agora, ou toda vez que lembro dessa história. Não tive esse tempo. Tirei a camisa e dei para a coroa tentar conter o sangue. Dividia o olhar entre a pista e o banco de trás. Era muito sangue. O Monza era bom de curvas, e aproveitei para dar uma acelerada; afinal, a adrenalina estava a mil. Aliás, nessas horas, o corpo destina toda a energia para a autopreservação: tanto a sua como a do semelhante.

Chegamos ao hospital. Saltaram os três com muita pressa e entraram na emergência. O carro parecia uma cena de crime. A mãe do garoto deixou a camisa que eu havia emprestado no banco de trás. Os LPs ficaram com as capas amassadas e banhadas pelo suor dos dois. Marcas de dedos sujos de sangue ficaram na porta. Um cheiro forte de suor. O silêncio invadiu o carro. Minha cabeça a "milhão". Fiquei um tempo ali perdido, em vários sentidos: geográfico, filosófico, espiritual... Queria mesmo saber se ele ia ficar bem. As horas passaram, e nada. Começou a escurecer. Achei melhor tentar encontrar o caminho para a casa da Andrea, que já devia estar muito preocupada. Naquele tempo de telefone fixo, se ligava e dizia "Tô saindo" – e a pessoa marcava o tempo. Fui embora... fiz o que pude. Em momento algum pensei em mim. Pensava no garoto. Na vida. No desamor. Em como era importante ajudar os outros. Em praticar a empatia.

Durante a volta, a tristeza tomou de vez conta dos meus pensamentos. As lágrimas desciam pelo meu rosto. Nunca mais iria ver aquelas pessoas novamente. Justamente elas, que, por horas, foram as mais importantes para mim.

Restou-me torcer por aqueles personagens. Que aquele pai, entre bater na criança de novo e levar uns tiros, descansasse em paz. Que aquela mãe pudesse encontrar alguém legal, que percebesse a essência da humanidade nos olhos tristes dela. Que aquele policial que me agradeceu o tempo todo durante o trajeto tenha se aposentado e vivido feliz.

Que aquele menino tenha deixado, esquecida numa estante qualquer, a lembrança desse sanguinolento dia.

Que ele tenha vivido muito mais coisas boas que ruins.

Por fim, que tenha crescido e, quem sabe, tenha tido um filho para encher de amor.

ANDANDO NO CAMBURÃO

Fui síndico numa galeria de lojas na Rua das Laranjeiras, perto das esfihas do Largo do Machado. Naquela época, a Polícia Militar tinha várias Patamos: Patrulhas Táticas Móveis. Nada mais era do que o famoso "camburão". Na época, o carro usado era aquele Gurgel Carajás, que tinha uma carroceria de fibra. Uma dessas equipes fazia por todo o bairro a chamada "ronda bancária": diariamente, numa rota predeterminada, passava nos bancos e assinava uma espécie de ponto.

Na galeria, havia uma Caixa Econômica e um Banrisul – Banco do Estado do Rio Grande do Sul –, cujo gerente, Datena, era muito amigo meu. Aproveitando a visita aos bancos, davam uma passada semanal em minha loja, Warwar Informática, em busca da "caixinha". Não era obrigatório dar nada, mas, é claro, altamente recomendado. Inclusive saía no balancete da galeria, sob uma rubrica qualquer.

Na época, eu já era atirador federado, membro da equipe de tiro Esquadrão Zumbi, cujo único outro membro era o André Godinho. Tinha em casa uma máquina de recargas de munição e também era assinante da revista *Magnum*, uma publicação que discorria exclusivamente sobre armas de fogo. Meu humilde arsenal era composto por dois revólveres calibre 38: um cano curto, de cinco tiros para o porte, e um TA com cano de oito polegadas, massa de mira quadrada e alça de pontaria regulável, para tiro ao alvo. Ambos da marca Taurus. Além disso, em minha estante, jazia uma enciclopédia de quinze volumes: *A história das armas de fogo*. Por conta dessa paixão pelas armas de fogo, fiz amizade com dois daqueles PMs. O Carlinhos, um cara bem simpático, e um outro, que chamávamos de "Bigode". Nossas conversas giravam sempre em torno disso.

PM sofre muito preconceito, rapaz. Sentiam-se bem de ver que não tinham problema algum ao entrar, armados de metralhadora, na Warwar Informática.

Eu estava há um tempão procurando um carro para comprar. Finalmente o encontrei. Um Gol Copa, feito em homenagem ao mundial de 1984. No vidro de trás, vinha escrito em letras vazadas: COPA.

Naquele ano, pagava-se tudo em dinheiro. Já ouviu falar em superinflação? Dormia-se com uma coisa custando um cruzeiro, e no dia seguinte já custava dois. Quem podia ter uma conta bancária se protegia, fazendo uma aplicação chamada *overnight*, que rendia diariamente. Coisa difícil de explicar.

No dia da compra, fui sacar o dinheiro do carango a pé num Banco Nacional, que ficava na Rua Marquês de Abrantes, a uns três ou quatro quilômetros da loja. Botei um casaco que amava, azul, cheio de bolsos, capuz, forro e um fecho *éclair*. Aliás, usei esse casaco por anos e anos e anos. Ficava com a maior pinta de bandido. Ideal para assaltar, e não para ser assaltado. O figurino perfeito para a ocasião.

Dentro do banco, já sacando o dinheiro na "boca" do caixa, ficava olhando de um lado pro outro, procurando algum suspeito que pudesse estar de olho no meu dinheiro. Numa dessas olhadas por cima do ombro, percebi que meus colegas da PM vinham em minha direção. Carlinhos, estranhando, me perguntou o que eu estava fazendo ali. Expliquei a situação. "Cê é louco, rapá? Vai sair andando com essa grana toda? Espera aí um instante, vamos assinar a folha e te damos uma carona." Porra, imagina você, um Uber Patamo.

Nunca tinha, é claro, andado em carro de polícia. Fui sentado, folgadamente, no banco de trás, cheio de dinheiro no bolso.

No trajeto, me perguntaram se havia algum problema em seguirem a rota da ronda bancária e me deixarem por último. Faltavam apenas dois bancos. Um deles na Rua General Glicério, o outro na Rua das Laranjeiras. "Claro que não", respondi. Afinal, por que não? Precisava de um rolê para arejar a cabeça. Muito problema.

No Bradesco da Laranjeiras, enquanto o Carlinhos foi assinar o ponto, outro policial apareceu e foi trocar uma ideia com o Bigode. Ele malandramente me apresentou como "colega da civil". Não dava para dizer que estava rodando no aplicativo.

Depois que saímos do segundo banco, já voltando, um carro emparelhou com a Patamo, buzinando freneticamente, e o carona gritou: "Ó, ali na General Glicério tem dois caras brigando de faca, vai dar merda aquilo lá, vai dar merda aquilo lá". Assim como apareceu, acelerou e foi embora. Ficou um clima estranho. Começaram a andar mais devagar com o carro, se olharam, meio sem saber o que fazer comigo ali dentro. Rompi o silêncio com duas palmas bem fortes e mandei: "Porra, cumpadi, vocês falam pra caralho, quero ver agora a equipe em ação", e dei uma risada cheia de adrenalina. Não sabíamos que situação iríamos encontrar. Quase pedi para jogarem uma "peça" na minha mão. Com tanto tiro dado em alvo de papel, não ia fazer feio.

Imaginava sempre que, numa situação dessas, iam ligar a sirene. Nada disso, apenas aceleraram o carro e entraram na General a milhão. Lá no fim da rua, vi, por entre os bancos, dois caras, um gigante com uma faca na mão, e outro mais ou menos do meu tamanho andando para trás e tentando, ao que me pareceu, convencer o outro a não lhe dar uma facada. Nada de sirene... pelo contrário, num trecho curto de rua, o Bigode, que pilotava a viatura, acelerou ainda mais para, logo em seguida, jogar no ponto morto. O carro chegou em cima dos caras no mais absoluto silêncio. Desembarcaram com as armas na mão. Desci junto. Afinal, numa troca de tiros aquela carroceria de fibra não ia ajudar em nada. Era melhor estar pronto para correr. Claro, queria também ver melhor o *Polícia 24 horas* do qual participava.

Eram dois caras de classe média, mais ou menos da minha idade, que em pleno dia útil brigavam por causa de pó. Triste. O que portava a faca estava nitidamente drogado, totalmente enlouquecido. O outro estava apavorado. Depois de o gigante largar a faca, rolou a tradicional revista. Nada mais foi encontrado. Carlinhos falou para os dois segurarem a onda e completou: "Vamos conversar ali dentro do carro". Fui junto. O gigante entrou na minha frente e, sentado de pernas abertas, não deixava espaço para mim. Engoli em seco e, para não dar mole pro cara, dei um tapão na perna dele: "Chega pra lá, porra", falei, disfarçado de PM.

No carro, só o grandão falava, sem parar. Mostrava as mãos todas feridas, não me lembro bem o porquê. Em dado momento o Bigode virou para trás: "Cala a boca agora e escuta, filho da puta". Meu, aqueles olhos vermelhos esbugalhados dele bastavam, não precisava apontar arma para ninguém. O

Carlinhos começou a dar uma puta lição de moral. Esperava ouvir tudo, menos aquele sermão de pastor de igreja evangélica. Senti ali um desejo genuíno de salvar aquelas almas. Num rompante, o gigante começou a chorar. Se debulhar. Carlinhos seguiu firme na missão de convertê-los. O Bigode aproveitou para cortar as unhas, com um chaveiro que trazia no bolso.

Até então meu instinto de sobrevivência tinha-me feito voltar todas as atenções para o gigante, que, quando estava com uma faca na mão, era uma real ameaça. Além disso, meu *kung fu* estava vencido há anos. Quando percebi que as coisas estavam mais controladas, fui "medir" o outro cara. Mano do céu... o cara tinha estudado comigo no Santo Inácio. Percebi que ele tinha me reconhecido há tempos, pois quando o encarei ele baixou os olhos em sinal de vergonha.

Terminada a "homilia" do "padre" Carlinhos, os dois disseram amém. Saltaram pelo lado oposto ao meu, com a recomendação de cada um seguir pro seu lado. Meu colega de série, no entanto, deu a volta e foi até minha janela, estendeu a mão e me disse: "Muito obrigado".

Fiquei, até chegar na loja, tentando entender aquilo. Briga de faca por causa de pó no meio da rua, num dia de semana. O que aconteceu na vida daquele cara nos dois ou três anos que se passaram depois do colégio até nosso encontro?

No meu caso, durante esse período que nos separou, comecei a trabalhar. Meu pai achava importante não dar espaço para o acaso. Colocou-me para trabalhar com ele. Fui *office boy* e vendedor de tecidos, entre outras coisas, até o coroa me ajudar a abrir meu primeiro negócio: a Warwar Informática. Ter um pai presente fez toda a diferença na minha vida. Permitiu que eu tivesse oportunidades diferentes dos meus colegas: o

PM Carlinhos morreu assassinado num assalto a ônibus, nos braços da noiva. O Bigode eu vi muitos anos depois, já um senhor de idade, castigado pelo tempo, trabalhando como guarda de trânsito. O tal colega, fiquei sabendo depois, foi parar numa clínica de reabilitação. Vive até hoje entre idas e vindas.

O único final relativamente feliz daquela história foi o meu. Comprei meu Gol Copa, azul-piscina metálico, motor 1.6. Sobrevivi a esses anos todos e consegui, neste livro, eternizar esta história.

CRIANÇA BANDIDA

Tinha o péssimo hábito de andar com o carro quase sem gasolina.

Meu filho, Daniel, tinha oito anos e voltava comigo da casa da mãe dele numa sexta-feira, lá pelas dez da noite. Avenida Brasil. Ponteiro na reserva há quilômetros. Resolvi parar. Vi, quase escondido, um posto sem bandeira que ficava debaixo do viaduto da Linha Vermelha. Cortando o trânsito, entrei no susto.

Já na bomba pedi ao frentista que colocasse cem cruzados. "Pai, quero um mate", disse meu filho, que já naquela idade não tomava refrigerante. "Vamos lá."

O posto não tinha loja. Daniel disparou em direção às geladeiras que ficavam no fundo. Fui atrás. Como todo morador do Rio, meio 007, meio capitão Nascimento, durante a caminhada dei um "360" para olhar melhor o cenário. Parecia que estava no meio do filme *Warriors – os selvagens da noite*, de tanta gente sinistra que encontrei à minha volta. Daniel, já com a garrafa na mão, bebia sorrindo. Percebeu meu olhar de preocupação: "Pai, o que foi?". Segurei a mãozinha dele, saí puxando-o e coloquei-o dentro do carro. Entrei em seguida dizendo: "Meu filho, vamos embora daqui, neste posto só tem bandido". Ele deu um enorme gole, limpou a boca com a manga da camisa e sorriu: "Então não tem problema". Soltou um pequeno arroto antes de completar: "Vão achar que somos bandidos também".

O FILME QUE SÓ EU VI

Quando comecei a trabalhar com cinema, ainda se rodava em película. Naquela época, só se sabia como tinham ficado as imagens depois do negativo revelado, às vezes, muitos dias depois de rodar. Diferente de agora, em que instantaneamente se vê o resultado no vídeo. O processo das películas tinha suas vantagens.

Numa certa ocasião íamos filmar um videoclipe no Aterro do Flamengo, num *set* que ficava atrás da Churrascaria Rio's, que hoje não existe mais. Era um platô de pedras portuguesas. O fundo do quadro, as águas da Baía de Guanabara e o Pão de Açúcar.

Depois de tudo pronto para rodar, o assistente de câmera, o grande Luiz Paraguaio, veio com a notícia: os negativos tinham ficado no carro de produção e iam chegar muito tempo depois. Ocorre que, no início daquela tarde, estávamos gravando um outro clipe na Praia da Barra – coisa de produtora sem grana –, e, para dar certo, uma pequena equipe de produção veio antes pro Aterro, montou todo o *set*, vestiu o figurino nos músicos e preparou o *playback*. Todos parados nas marcas. A equipe estava ficando impaciente, e o produtor da banda toda hora perguntando: "E aí?". O fato é que, quando cheguei, estavam brincando de "estátua" há muito tempo.

Até aquele momento, o dia tinha sido de muito sol. Porém, enquanto aguardávamos a chegada dos negativos, percebi que uma puta chuva vinha cruzando, rumo ao *set*, a Baía de Guanabara. Eu ali, agarrado à câmera, olhando tudo aquilo através do visor. Como não tinha outro jeito, olhei pro Luiz, que me entendeu no ato, pegou a claquete e se posicionou solenemente na frente da câmera. Firmei a mão no manete do tripé, fiz sinal para soltar o *playback*, bateu-se a claquete, disparei a câmera com o chassi vazio e gritei: "Rodando". Ficamos quase uns vinte minutos filmando sem celulose, mas com aquele som inconfundível da grifa no meu ouvido direito tocando a música que mais gostava de ouvir. E assim passou-se ali, diante dos meus olhos, um pedaço de filme que só eu vi...

O MENINO E OS PASTÉIS

Tive uma produtora que ficava na Rua Santa Clara, esquina com a Nossa Senhora de Copacabana. WDR Filmes. W de Warwar, D de Alice Demier e R de Paula Rodriguez, minhas sócias naquela empreitada.

Ali bem ao lado tinha uma confeitaria chamada Massa Suprema, conhecida por seus minipastéis com todos os tipos de recheio. Eram vendidos a quilo. Amava. Num fim de tarde, quase noite, fiz uma pausa na edição de um filme e desci em busca de um quilinho de pastel. Era só alegria! Açúcar, gordura e sal viciam. Estimulam os neurônios e ajudam a liberar dopamina, um neurotransmissor que, entre outras coisas, atua na sensação de prazer. Em resumo: fui lá atrás de uma droguinha de fim do dia.

Já dentro da confeitaria escolhendo quantos gramas de queijo, carne ou presunto ia pedir para compor um quilo, um menino me abordou. Meio no automático mandei um "Não tenho", mesmo sem ouvir o que ele tinha para falar.

Copacabana tem muitos pedintes. Parece até com os vendedores de rua de Cartagena. Numa caminhada, se fosse dar dinheiro para todo mundo, largava o salário. Preferia deixar um fixo na caixinha da igreja nas missas de domingo. Os padres é que se virassem para distribuir o dinheiro.

O menino continuou parado ali do meu lado. Confesso "minha culpa, minha tão grande culpa", que repetia como um mantra nas missas semanais obrigatórias do colégio: até então nem tinha olhado para ele. "Moço, preciso só do dinheiro para voltar pra casa", insistiu. Virei-me. Vi então um menino franzino usando um uniforme de escola pública. Explicou-me: tinha perdido o dinheiro da condução. Percebi naquele moleque uma coisa diferente. Lembrei do meu filho que tinha mais ou menos a mesma idade. Rolou uma empatia instantânea. Dei a grana e convidei ele para uma caminhada enquanto comíamos alguns pastéis. Falei dos estudos. Da oportunidade que ele tinha de fazer a virada. Meu pai dizia: "A única coisa que não podem tirar de você é o conhecimento". A conversa foi basicamente sobre isso.

Chegando na esquina, na hora de se despedir, propus um pacto. Toda semana, se trouxesse os deveres de casa para eu ver, levava cinquenta reais. Nos encontraríamos na esquina, às cinco da tarde, toda sexta-feira. Uma semana depois, na hora combinada, olhei pela janela. Lá estava o moleque, vestido de uniforme, com livros e cadernos debaixo do braço. Peguei os cinquenta reais e desci. Dei um abraço, parabéns por ter cumprido a promessa, conversei um pouquinho, entreguei o dinheiro e me despedi. Quando estava entrando no prédio percebi que o garoto ainda tinha ficado ali parado. "Que houve?", perguntei. "Você não vai olhar meus deveres?" Cara, que facada no peito. Tão achando que sei "ler" as pessoas, mas não tinha percebido que ele tinha ido ali não pelo dinheiro. Mas pelo carinho. Pela atenção. Pelo amor e sabe-se lá o que mais que não deveria ter em casa.

Subimos. Ficamos eu, Alice e Paula conversando com nosso novo mascote, olhando com toda a atenção do mundo aqueles cadernos organizados, aquela letra cursiva bonita que ele tinha e a quantidade de "Parabéns" e estrelinhas que a professora dava para ele. Naquela sexta, saímos os quatro dali totalmente realizados e felizes. Graças a um quilo de pastéis.

JORNAL BALCÃO

Vendia tudo. Desde criança gostava do ato de negociar. Provavelmente por conta de alguma herança genética, já que os árabes, dos quais descendo, são comerciantes por natureza.

Quando eu tinha uns doze anos, começou a circular um jornal chamado *Balcão*: era exclusivamente de anúncios classificados. Tinha vários pacotes, modelos e preços. Havia também os anúncios gratuitos. Bastava ligar, ditar o anúncio e passar o número do telefone. Lembro-me de uma vez ter anunciado um jogo de totó que eu e meus irmãos tínhamos ganhado no Dia das Crianças.

Em todos os Dias das Crianças meus pais levavam meus três irmãos e eu à loja Sears que tinha na Praia de Botafogo: uma loja de departamentos de três andares, com o estacionamento no terraço. Adorava subir aquela ladeirona de carro e depois pegar o elevador até o departamento de brinquedos. Na viagem, entre um andar e outro, meu pai sempre dizia até quanto poderíamos gastar. Podíamos usar o dinheiro dos três juntos e comprar um brinquedo só. Bem melhor. Taí, meu pai sempre ensinando a gente a negociar. Num desses dias, compramos o tal totó, que depois de um ano acabou jogado lá num canto.

Jornal Balcão: "Anunciou, vendeu!". Uma semana depois, apareceu um engravatado lá em casa. Lógico, não deixei subir.

Marquei na garagem. Com doze anos, já tinha aprendido que não se deixa estranho entrar em casa, que se recebia pagamento apenas em dinheiro e "Fiado, só amanhã". Quando o cara com pinta de bancário e vestindo um terno mal-ajambrado notou-me chegando com o totó na mão, olhou espantado e perguntou: "Cadê seu pai?". Respondi: "Bom, moço, espero que a esta hora ele esteja no trabalho, pode falar comigo mesmo". Começamos a negociação. Saiu de lá com o totó embaixo do braço para dar de presente ao filho, e eu subi pra casa sem ter precisado tirar todo o dinheiro que tinha colocado a mais no valor, justamente para dar o desconto que ele ia pedir. Igual à *Black Friday* no Brasil. "Tudo pela metade do dobro."

Bom, negócio fechado. Duas crianças felizes.

Vendi muita coisa no *Jornal Balcão*. Anunciava também os serviços de minha equipe de som, a Festsom, que tive aos quinze anos. Fazia muitas festas. O único inconveniente era não ter carteira de motorista. Meu pai tinha que pedir ao Zé Paulo para nos levar de Caravan e ajudar a carregar os equipamentos. O bom velhinho era vendedor da loja de tecidos do meu pai, onde eu também trabalhava vendendo linhos, morim, seda, viscose e linhão.

A melhor coisa daquela época de *Jornal Balcão*, na verdade, era que não existia o bina, hoje conhecido como identificador de chamadas (aliás, o termo *bina* foi uma invenção dos brasileiros, e quer dizer "B Identifica Número de A"). Dessa maneira, as ligações eram anônimas. Você tinha direito a três anúncios por ligação. Meu, que criança vai fazer três anúncios por ligação? Toda vez que ligava, a mulher ficava insistindo: "Senhor, o senhor tem direito a mais um anúncio". E continuava: "Não tem mais nada que queira vender, senhor?". Por que me chamavam tanto de *senhor*, se tinha voz de criança? Nunca entendi. Bom, como todo profissional de *telemarketing* trabalha com metas de produtividade, tive uma ideia para ajudar. Lembrei-me do André Ricardo, um amigo beatlemaníaco. Toda semana que anunciava, quando vinha aquela frase "O senhor tem direito a mais um anúncio", eu respondia logo "Ótimo!", e começava a ditar: "Vendo coleção completa de discos dos Beatles. Barato! Preço de ocasião. Tratar com André Ricardo", e dava o número da casa dele.

Vocês não têm ideia de quantos amigos ele fez.

PÉROLA NEGRA

Velejo desde os catorze anos. Meu primeiro contato com a vela foi num barco de madeira de 21 pés da Classe Carioca. Meu tio Cassiano estava montando uma tripulação para competir o campeonato estadual da classe. Como ele era muito pesado, precisava compensar com uma tripulação peso-pena. Além disso, podia conviver com o sobrinho que amava tanto. Não lembro exatamente como foi a primeira velejada. Uma coisa é certa. É uma paixão que, contrariando todas as pesquisas, já dura mais de trinta e cinco anos.

Várias coisas me levaram a esse amor sem fim. O contato com a natureza, o vento batendo no rosto, a água no casco, que faz um barulho característico, os respingos salgados no rosto, a imprevisibilidade das marés – e, incrível, as chegadas e partidas. Sabia-se a hora de sair, nunca a de voltar. Sempre à mercê dos ventos. Aprende-se muito cedo a lidar com o abstrato da vida. Liberdade total. A mecânica de velejar contra o vento se aprende em um dia. Na arte de navegar até um objetivo, com o vento ao contrário, leva-se uma vida.

As regatas eram um caso à parte. Conhecer a raia, observar as táticas de outros competidores, seguir uma estratégia, prever as mudanças de vento, a sincronia da tripulação, entre mil outras coisas, era o que um moleque de catorze anos, no início da vida, precisava para aprender como lidar com a própria vida. Saber improvisar, mudar rápido de rumo, acreditar nas apostas mesmo com todos indo em outra direção.

Minha primeira função foi a de proeiro. Basicamente, a proa do barco era meu território. Uma das manobras mais divertidas e precisas eram as cambadas. Acontecem quando a proa do barco cruza a direção do vento de um lado pro outro. Durante a maior parte da regata eu ficava deitado, metade do corpo no convés, a outra metade no casco inclinado. Em pé cria-se um arrasto desnecessário, o que diminui a velocidade do veleiro. Numa cambada, no último instante, segundos antes da inércia que acontece quando o barco muda de direção, eu me levantava, posicionando-me em pé, de costas para o mar, num minúsculo espaço entre as velas e o guarda-mancebo de proa. Antes que o vento fosse capaz de encher as velas pelo lado oposto, recolhia-as correndo e, já com o vento novamente ao meu favor, soltava-as do outro lado, deitando imediatamente em seguida. Detalhe: o aviso de que faria a manobra vinha quando ela já havia começado. Muitas vezes já estava de pé, antevendo a mudança de rumo.

Entre idas e vindas, muitas regatas, rajadas de vento, meus próprios barcos e outras tripulações, por circunstâncias da vida, parei. Até que, por volta de 2009 e depois de "atravessar" mais um mar revolto que apareceu em minha vida, decidi voltar. Primeiro emprego de carteira assinada, primeiro empréstimo consignado, primeira vez no leme capitaneando um barco exclusivamente voltado para regatas: um Snipe. Monotipo bem arisco que tem como característica marcante a retranca alta. Uma máquina. Meu barco se chamava *Pérola Negra*. Como tive uma fase em que era comparado ao pirata do rum Montilla, por conta dos brincos e da barba, fazia sentido. Competia na classe mista.

Tive duas proeiras incríveis. Uma delas foi a Denise. Acabamos namorando. É difícil passar seis, sete horas velejando com alguém com tanta afinidade e amor pela água salgada, sem que a paixão venha ao sabor dos ventos. Ela foi meu primeiro amor, depois que perdi minha mulher para um caminhão que avançou o sinal. Denise estava sempre sorrindo, achando graça de tudo. Na hora de competir, no entanto, era focada. Sabia velejar como ninguém. Aprendi muito com ela e passei dias incríveis no mar ao seu lado. A tripulação acabou se desfazendo com o fim do namoro.

A outra se chamava Paula. Que me chamava carinhosamente de capitão Jack Sparrow. Ao contrário da Denise, que já era velejadora, Paula, quando entrou no meu barco, não tinha experiência alguma. Mas tinha uma coisa fundamental. Era do mar. Surfista. Linda, meiga e amável. Na minha única foto singrando ao mar com o *Pérola*, ela está do meu lado. Como aprendeu rápido, a Paula. Movimentos precisos. Com seu corpo pequeno, realizava manobras tão precisas nas "cambadas" que parecia que estávamos dançando um balé. Tinha muito orgulho de tê-la ali comigo.

Voltando à Denise... Jamais vou esquecê-la, pois foi com ela que passei uma das minhas maiores aventuras no mar. Ela tinha muitas qualidades, mas um defeito. Um só. Era teimosa. Só brigávamos por uma coisa: para que ela usasse o colete para velejar. Eu não queria saber. Se era ventinho de soprar vela de aniversário ou furação 2000, tinha que usar o colete. Mas não adiantava.

Nos meses que antecederam o Pan-Americano no Rio, a Baía de Guanabara estava tão limpa que dava até para escovar os dentes. Bem diferente da vez que, por acidente, enfiei a cana do leme no olho da Denise e ela, num reflexo, jogou água do mar no olho. Eu a vi pegar a água em câmera lenta, assim como meu grito de "Nããããooooo...", mas não teve *sync* entre o grito e a água no olho. Foi um mês de cama, com uma bactéria no olho, pingando colírio todo dia para não ficar cega.

Bom, voltando à Baía, saímos para fazer uma regata. Não tem coisa mais emocionante que uma largada de regata. Quem vê da terra, um balé de cisnes se alinhando em harmonia. No mar, tensão entre os velejadores, movimentos cirúrgicos e respeito absoluto às regras da regata. Alinhar o barco na linha imaginária entre o barco da comissão de regatas e a boia de marca é uma coisa etérea e precisa ao mesmo tempo. Na melhor posição, requer um xadrez digno de Mequinho.

Naquele fim de semana, que antecedia o início do Pan, havia competidores de todos os países treinando na raia. Coisa linda de ver. Enquanto velejávamos do clube até a boca da Baía, o vento aumentou absurdamente. Claro que, antes de descer o barco pela rampa, sempre checávamos a previsão do tempo. Naquele dia em especial, não bateu. Regata cancelada, os barcos voltando.

No mar existe uma máxima: "Espere pelo melhor – prepare-se para o pior". O vento era tão forte (algo em torno de quarenta nós, ou setenta e poucos quilômetros por hora, o suficiente para destelhar casas, quebrar árvores...) que em determinado momento os barcos começaram a baixar as velas e esperar pelos rebocadores e lanchas dos clubes para voltar. Coloquei o barco de proa para o vento e pedi à Denise para descer a vela grande. Ela soltou a adriça (cabo que se usa para içar as velas), mas não teve forças para descer a vela aos poucos, e o cabo entrou embolado no mastro. Detalhe: ela não havia treinado essa manobra o suficiente. Isso fez com que a vela descesse o suficiente apenas para a retranca encostar no convés, deixando o barco desgovernado, ainda à mercê dos ventos.

Ficamos ali, lutando para baixar a vela de qualquer maneira, e nada. Bem diferente dos cisnes se alinhando em harmonia. O mar dá, o mar tira. De repente, surgiu uma lancha do treinador da delegação de Cuba (valeu, Fidel Castro!) com um velejador, que se jogou dentro de nosso barco com uma faca nas mãos. Parecia até filme de pirata. Sorte dele eu não ter uma garrucha. O bom pirata cubano fez a gentileza de cortar a adriça da vela grande, e finalmente baixamos os "panos". Com a mesma agilidade com que pulou no barco ele se foi, não deu nem para mandar um "Muchas gracias".

Àquela altura já tinham se passado uns quinze minutos, e já não havia muitos barcos por perto. Estávamos em péssima situação. Perdemos muito tempo com aquilo, e as lanchas e rebocadores já estavam retornando para os clubes. Íamos ter que esperar. Nossos companheiros, assim que dessem falta da gente, iam mandar a lancha voltar. O problema é que a maré estava fortíssima, e o vento continuava empurrando o barco. Toda boca de baía tem uma corrente potente, e na Baía de Guanabara, aos pés do Redentor, a situação ainda é pior, pois a passagem é minúscula em comparação ao tamanho da baía em si. As ondas ali são enormes, e, sem propulsão, estávamos literalmente à deriva.

Aconteceu, então, o que já estava no roteiro: uma onda enorme virou o *Pérola*. Desvirar um barco à vela em condições normais de regata não é complicado... mas ali? Sem leme? Sem vela? O barco emborcou imediatamente. Fomos desvirar o barco. Proa para o vento, nadamos até o outro lado, subimos na bolina e nosso próprio peso fazia com que o barco voltasse à posição normal. Mas tem uma pegadinha. Quando o barco começa a desvirar, você tem que entrar e rapidamente redistribuir o peso para que ele não dê uma volta completa e vire de novo. Conseguíamos fazer isso de primeira, mas vinha outra onda e nos virava de novo.

E assim ficamos mais de uma hora, virando e desvirando o barco. O problema é que a Denise estava sem colete, e num determinado momento ela já não tinha mais forças. A culpa disso não era dela, era minha. Tudo que acontece dentro de um barco, pequeno como um Snipe ou grande como um *Titanic*, é de responsabilidade do capitão. Tinha que desvirar o barco sozinho e puxar ela para dentro. Eu estava muito empenhado naquela disputa. Não ia desistir do barco e muito menos da Denise. É claro que não sou daqueles babacas que ficam torcendo para dar ruim só para ter o momento supremo de prazer e dizer que nem a motinha dos *Carangos e Motocas*: "Eu te disse! Eu te disse!". Eu a respeitava como ninguém.

A lancha do clube despontou no horizonte. Será que tinha nos visto? Barco preto, mar mexido... Enfim ele chegou. A primeira coisa que fiz foi pedir para Denise embarcar. Ela disse que queria ficar ali me ajudando. Ela era muito orgulhosa. Pedi, então, que ela fosse pra lancha e de lá me orientasse. No fundo fizemos um pacto. Fiquei sozinho, em pé, no barco emborcado. A situação era muito complicada. Não tem como rebocar naquela situação. O leme já tinha saído do lugar, de tantas vezes que viramos.

Fiquei ali mais um bom tempo. Desvirando e virando o barco. A corrente estava nos levando para dentro da baía em direção à Ponte Rio-Niterói. O dia ensolarado da manhã já havia se transformado em chuva. Quando já tinha passado do Aeroporto Santos Dumont, consegui pela vigésima vez desvirar o barco. Estava exausto. Tinha saído da rampa náutica às dez da manhã. Já deviam ser umas quatro da tarde. Um marinheiro, que já estava angustiado com a situação de me ver em dificuldades de pôr o leme de volta antes de o barco se virar de novo, se jogou de roupa e tudo no mar, nadou até a popa e de dentro da água me ajudou a recolocar o leme. Denise, da lancha, jogou o cabo de reboque, e consegui amarrá-lo na proa do *Pérola*. O marinheiro voltou para a lancha.

Antes de seguirmos em direção ao clube, Denise, já refeita e sem avisar, mergulhou na água e nadou uns dez metros até o *Pérola Negra*. Não disse nada. Esticou o braço e sorriu. Nesse breve momento, lembrei do amor perfeito. Pelo mar, pelo vento no rosto, pela Andrea que me deixou cedo e não pude esticar o braço. Estava vivendo, naquele instante, a metáfora que foi toda a minha vida. Virar e desvirar barcos. No instante seguinte, ainda inebriado por tantas sensações, sorri de volta, puxei ela a bordo. Sentou-se ao meu lado, dentro do *cockpit*, cabeça encostada no meu peito. Meus braços em volta de seu corpo, trocando o tão falado calor humano. No barco todo quebrado, seguimos juntos e abraçados de volta pra casa. Voltamos muitas e muitas vezes para o mar depois disso. Mais unidos e mais fortes do que nunca.

Velejadoras são ótimas parceiras. Não tem frescura nenhuma, comem um PF na rampa do clube, carregam coisas pesadas, não usam maquiagem, nada além de um protetor solar fator 60. São parceiras no sentido amplo da palavra, solidárias, fortes e decididas. Hoje se fala muito em empoderamento feminino, coisa que toda velejadora tem há muito tempo. Sem falar no raciocínio apurado, principalmente porque tem uma coisa que faz toda a diferença na vida: entendem do vento.

Aprendi ao lado delas que, para ganhar uma regata, não basta velejar melhor. Tem que perceber a mudança do vento primeiro. Assim como é na vida.

TRINTA E DOIS ANOS NUMA NOITE

Resolvi estudar inglês nas férias. Precisava de uma recicla-gem. Pesquisei muito e escolhi ir para Malta, um pequeno país no azul do Mar Mediterrâneo, entre a África e a Europa, um lugar rico em beleza, cultura e história. Por conta de sua localização privilegiada, já foi ocupada por diversos povos: fenícios, gregos, cartagineses, romanos, árabes, normandos, espanhóis, franceses e, por último, os ingleses. Refúgio de Caravaggio, um dos maiores pintores que o mundo conheceu, expoente do estilo barroco, mestre em trabalhar com luzes e sombras, o rei dos contrastes. Meteu o pé para lá depois de ser acusado de crimes na Itália. Foi protegido pela ordem dos Cavaleiros de Malta. Pintou lá *A decapitação de São João Batista*, uma de suas obras mais conhecidas e considerada uma das mais importantes pinturas da cultura ocidental. Aliás, a única que ele assinou. Passei com meu filho, que esteve comigo na primeira semana de viagem, quase meia hora olhando e trocando uma ideia sobre essa obra, mergulhando em cada detalhe. Valeu a viagem. Malta também é conhecida por ter as mais belas e cinematográficas locações de *Game of Thrones*. Realmente um lugar de apaixonar.

Foi o que aconteceu. Valéria era o nome dela. Uma ucraniana incrivelmente linda. Conheci-a no curso de inglês. Estávamos na mesma turma. Vinha sempre de *jeans* rasgado, camiseta básica branca e um tênis cano alto com detalhes em dourado. Loura, rosto angulado, com uma voz deliciosamente *sexy*. De "cinema". Aliás, ela foi responsável por eu quebrar uma abstinência de trinta e dois anos sem beber.

A primeira noite em que saímos para jantar foi incrível. As ruas da capital têm um casario que lembra uma cidade medieval. As lâmpadas de vapor de sódio de tom bem amarelado, que iluminavam aquela noite, davam a nuance da paleta de cores. Valéria estava com um vestido preto e saltos altos que a deixavam da minha altura. Na boca, um batom vermelho que criava um contraste incrível com aquela tez alva, as bochechas levemente coradas e emolduradas pelos cabelos curtos que deixavam sua nuca à mostra. E, é claro, aqueles olhos azuis. Enfim, uma paleta de cores digna dos quadros de Caravaggio.

Estávamos caminhando por aquele cenário de filme, abraçados, um pouco por conta do frio e um tanto por conta da paixão que estávamos vivendo, enquanto conversávamos sobre os mais variados assuntos. O que realmente gerou um enorme encantamento mútuo foram as diferenças culturais e a escassez de tempo. Queríamos muito nos conhecer e aproveitar o finito. Bom, conversa vai, conversa vem, até que em dado momento Valéria me perguntou: "Gosta de vinho?". "Não bebo", respondi. Sabe quando o carro dá uma freada brusca? Quando a agulha do disco arranha? Mesma coisa. Valéria se afastou de mim, virou o pescoço como se fosse aquela menina do filme *O exorcista* e me perguntou com um olhar de espanto: "Sério????". Meu, que loucura! Parecia que estava acordando de um sonho. Porra, não pensei duas vezes:

"Brincadeira!!!!". Ela riu de gargalhar, nos abraçamos de novo e seguimos então para o restaurante.

Já sentados à mesa, perto de uma lareira, veio o *sommelier* com uma carta de vinhos enorme. Mano, não entendo nada de vinho. Para não fazer feio, escolhi pelo preço. Fui logo num dos mais caros. Tinha certeza de que ia ser um vinho incrível. Afinal, estava na Europa, berço das melhores vinícolas do mundo. Taças servidas, brindamos e finalmente bebi, depois de décadas. O jantar seguiu tranquilo. Fomos em seguida pro meu apartamento, de frente para o Mediterrâneo. Ao som das ondas, que quebravam nas pedras à beira-mar, fomos, sob lençóis, até o dia amanhecer. Foi uma noite que jamais esquecerei na vida.

Outra coisa que não consigo esquecer: depois de trinta e dois anos sem beber, precisei conferir, na hora em que estava saindo, o rótulo daquele vinho. A oito mil e duzentos quilômetros da minha casa, numa minúscula ilha no Mediterrâneo, com a incrível Valéria sentada à mesa, paguei quase cem euros na porra de um vinho argentino. Nunca mais bebo de novo.

O BANDIDO E O EXECUTIVO

Hoje todo mundo que é executivo faz curso sobre gestão de crise, negociação sob pressão, sobre como fazer alianças, e lê coisas do gênero *O monge e o executivo*. O meu livro se chamaria: *O bandido e o executivo*.

Depois que perdi minha avó, minha vida escolar desandou. Simplesmente não conseguia mais me concentrar em nada. Hoje uma ritalina resolveria o problema. Em 1980, o jeito foi sair do Santo Inácio. Sair, não. Fui convidado a me retirar. Aliás, não consigo me concentrar até hoje. Quando fui estudar inglês em Malta me lembrei disso. Depois da primeira hora, ficava com vontade de quebrar a sala toda. Continuava lá por conta de minhas colegas ucranianas. Voltando ao Santo Inácio: para que ajudar, né? Melhor expurgar mesmo. Está deprimido porque a avó morreu atropelada? Faz o seguinte: se manda. Fui lá eu estudar em outro canto. Primeira parada, Colégio Impacto. Foi na metade do semestre, consegui ir às aulas durante duas semanas. No resto do ano, pegava o circular, dava duas voltas inteiras pela cidade e voltava pra casa. Resultado: o único aluno reprovado em toda a história do colégio. Seja foda!

Restou-me, então, o Colégio Pinheiro Guimarães. Famoso Pinheirão. O colégio-curso tinha supletivo. Dava para tirar o atraso, estudando duas séries em um ano. Havia três endereços: duas filiais – uma em Ipanema e outra em Copa – e a sede do Catete. Era para o Catete, o bairro que já foi centro do poder no Brasil, a uns quinhentos metros de onde Getúlio tirou a vida, que os alunos como mau comportamento das outras filiais eram transferidos. Fez merda? Vai pro Catete! Era tipo um presídio de segurança máxima. Os alunos de maior periculosidade iam para lá. Meu irmão Alexandre, por exemplo, estudava em Copa. O Pinheirão de lá ficava num prédio comercial. Xandão, depois de riscar uma daquelas bombas de São João, "treme-terra", esperar do lado de fora o fechamento da porta de um elevador lotado e arremessar para dentro o artefato explosivo, foi transferido para o Catete no dia seguinte, compulsoriamente.

Na época em que fui estudar lá, morava na Praia de Botafogo. Ficava a cinco minutos de ônibus do Pinheirão do Catete. Bom, para escapar de uma inevitável transferência e ser recebido por um antigo "presidiário", no caso meu mano Xandão, achei melhor me matricular direto no Pinheirão do Brasil República.

Não sabia, mas uma das partes mais importantes de minha formação nascia ali. Começava a se rascunhar *O bandido e o executivo*.

A sala de aula em que fui parar tinha de tudo. Senhoras que voltaram a estudar, lutadores de boxe, marginais de todas as espécies, inclusive trabalhadores. Todas as tribos tinham lugar lá. Hells Angels, funkeiros, pagodeiros, sambistas, cambistas, canabistas... enfim, tudo que é "ista" encontrava sua turma lá. Três personagens em especial marcaram minha passagem pelas salas do Pinheiro. Paulete e seus cabelos descoloridos, Serginho, um anão palhaço de circo, e um contrabandista do porto do Rio, Biza. Esse apelido tinha o seguinte porquê: com trinta e oito anos, no meio da grande maioria que tinha entre dezesseis e vinte anos, era o "bisavô" da turma. Claro que havia as senhoras que se sentavam lá na frente, mas elas não contavam. Afinal, estavam ali para estudar.

Aprendi no Pinheirão do Catete várias coisas. Respeitar a diversidade, por exemplo. Na época, ser gay assumido era uma coisa raríssima – tirando os famosos, tava todo mundo no armário. Lá na turma tinha um: o Paulete. Um cara mais ou menos da minha idade, totalmente afeminado. Tinha, como falei, os cabelos pintados de louro, mas quase sempre a tinta estava meio lá, meio cá. Sabe o que a galera fazia com o Paulete todos nos dias? Nada. *Bullying*? Nenhum. Piadas? Não tinham graça. Lá, dentro daquela fauna, o Paulete era totalmente normal. Lembro, inclusive, que encontrei ele num banheiro de cinema pornô, que tinha na Praia de Botafogo, saindo de uma cabine com outro cara. Naquela época não tinha vídeo. Para ver um filminho de sacanagem, só indo no cinema mesmo. No letreiro: "Filme de sexo explícito". Dia seguinte, na escola, me perguntou: "Gostou do filme?". Respondi: "Pouco sexo, mas a história era legal". Papo normal, um cara normal, o Paulete. Sentia desejo por pessoas do mesmo sexo, e eu pelo sexo oposto. E daí? Naquele contexto, meu preconceito começou a se esvaziar. Não tinha eco.

Com Serginho, o anão palhaço de circo, aprendi demais. Primeiro que uma pessoa com nanismo é igual a qualquer outra. Não se nasce anão para ser palhaço. Serginho tinha um filho, uma mulher e muita dificuldade em ser anão. Dificuldades de ordem prática, mas, acima de tudo, questões existenciais.

Sempre gostei de conversar. No Pinheirão sobrava tempo para conversar. Um dia qualquer estávamos trocando uma ideia e, não sei por quê, ele se abriu comigo. Estava triste porque o filho, que não tinha nanismo, estava crescendo e ele tinha se dado conta de que muita coisa não ia poder fazer com o filho. Coisas simples como carregá-lo no colo. Ou nas costas. Carreguei o Daniel nas costas até ele fazer oito anos. O Serginho não ia poder. As pernas do filho dele arrastariam no chão. Como é importante valorizar o momento presente, dizia ele, em outras palavras. Contou-me também, e isso foi de uma rudeza sem fim para mim, que muitas vezes, depois dessas festinhas de criança em que ele tinha que se vestir de palhaço para viver, chorava no banheiro. As crianças não paravam de perguntar para ele por que ele era daquele jeito; além disso, tinha que aguentar do outro palhaço, que contracenava com ele, todo tipo de piada: "Salva-vidas de aquário", "Pintor de rodapé", entre outras coisas, e ainda por cima tinha que cair na gargalhada. Era muito difícil para ele. Comecei ali a relativizar os problemas que tinha na vida. A gente reclama muito. De tudo.

Outra coisa: na classe média do Santo Inácio de onde eu vinha, *status* era muito importante. Seu pai tinha que ter dinheiro e poder. Quantas vezes via colegas disputando: "De quantos clubes seu pai é sócio?" ou "Quantos carros tem na sua casa?". Trabalhar com quinze ou dezesseis anos? Uma vergonha sem fim. No Pinheirão, meus colegas todos trabalhavam e estudavam. Ninguém tinha pai rico, ninguém queria saber de carro em garagem nem nada. Todo mundo ali valorizava as conquistas. Comecei a sentir orgulho de trabalhar na loja do meu pai vendendo tecido. Todo mundo, quando te conhecia, perguntava "Faz o quê?", porque ali todo mundo tinha uma ocupação. "Sou vendedor de tecidos", dizia com um orgulho fodido. Trabalhar desde cedo me salvou das drogas, preencheu minhas tardes vazias, empunhando minha tesoura de metal e meu metro de madeira, cortando tecidos.

Lá nas primeiras filas tinham as senhoras que voltaram pra escola com cinquenta e poucos anos. Quando voltei pra faculdade de cinema com vinte e oito e todos os meus colegas tinham dez anos a menos, lembrei-me delas. Nunca é tarde para recomeçar. Essa lição, que aprendi lá, me ajudou a fazer cinema.

Uma das maiores lições que recebi foi do relacionamento que construí com o Biza. Por incrível que pareça, eu sofria *bullying* no Pinheirão. Adivinha de quem? Alguns colegas do Santo Inácio foram parar lá. Eles aprenderam a desrespeitar os outros muito cedo. Logo nas primeiras semanas, um desses caras me tachou de "prego" (um dos piores rótulos que um adolescente pode receber). Ele já estava no Pinheiro havia um ano e conhecia a galera. Tinha outro, o Rogério, um cara enorme, que gostava de me xingar. E o pior, ficava me tacando bolinha de papel. A manhã inteira.

Eu precisava resolver aquela situação e de quebra mandar um recado. Certo dia, esperei a aula acabar, corri pra porta, com a sala ainda cheia, e esperei o professor sair. Logo em seguida vinha o Rogério. Assim que ele me viu, abriu um sorriso e já ia emendar uma piada. Dei na hora um puta empurrão nele e falei: "Malandro, encheu meu saco, vou te enfiar a porrada". Quando falei isso, ele veio igual a um touro para cima de mim. A mulherada correu, os homens ficaram e as senhoras foram parar acuadas num canto. Começou aquela gritaria. Quando ele chegou perto de mim, eu pulei, peguei ele pelo pescoço e o coloquei numa chave invertida. Ele era enorme e começou a tentar sair, rodava para um lado e pro outro. Numa dessas aproveitei o embalo e continuei rodando com ele até que o soltei em direção às carteiras. Ele colidiu, igual a um caminhão desgovernado, naquela montoeira de madeira e ferro, batendo com a cabeça no chão. Levantou todo tonto e, quando veio pra minha direção, chutei com a chapa do pé os peitos dele. Lá foi aquela "jamanta" de volta para a pilha de cadeiras. Na terceira investida dele, alguém avisou que o coordenador estava chegando. A briga parou na hora. Saí já dando de cara com ele. Mano, depois da transferência pro Pinheirão Catete, só mesmo a expulsão. Ninguém queria ser pego brigando. A fama de prego acabou ali. Mas ainda tinha que lidar com o ódio do Rogério, que àquela altura já tinha me jurado de morte. Malandro, jura no Santo Inácio é no pé do altar; no Pinheirão, é na ponta de uma faca.

Foi aí que tive que me aproximar do Biza.

Biza era um cara boa-praça. Vivia de contrabando no porto do Rio. Andava armado. Trinta e oito cano de seis polegadas, com banda ventilada e massa de mira vermelha. Lindo. Uma vez um professor metido a machão resolveu entrar numas com ele. Por conta de o Biza estar conversando em sala, decretou: "Todos estão com menos três pontos na prova, por causa do senhor". A ideia dele era isolar o Biza. Não deu muito certo. Na hora do recreio, o professor levou um enquadro do três-oitão do Biza, voltou atrás e deu nota dez para todos os alunos. Biza foi eleito representante de turma depois disso.

O Rogério andava há umas semanas me rondando, esperando a deixa para me pegar na "crocodilagem". Tinha que driblar ele todo dia na saída e meter o pé sem que ele visse. Dormir no meu canto das sete às dez todos os dias, então, impossível. As bolinhas de papel continuavam vindo. Precisava de um aliado de peso para resolver isso.

Com dezesseis anos, já tinha alguns diplomas. Aprendi com meu pai, com as senhoras da frente, com o Serginho, com as clientes da loja de tecidos. Já estava me pós-graduando na arte de lidar com pessoas e com as dificuldades da vida. Faltava a prova final.

Todo mundo morria de medo do Biza. Menos meu irmão Alexandre. Tinha sido da turma dele um ano antes. Me falou que, de vez em quando, dava cola para ele. Encontrei o Biza na cantina do pátio, antes da aula. Estava lá ele, com sua pochete, tomando um café no copo de vidro Nadir Figueiredo, aqueles copinhos de cerveja, com a colher dentro.

Àquela altura, já sabia que eu era o irmão do Warwar. "Posso te acompanhar no café?", e assim emendei um papo. Falamos de mil coisas, da escola, da porrada com o Rogério, das tias da frente, do trabalho no porto... enfim, o Biza gostava de conversar, e as pessoas não tinham coragem de falar com ele. Confidenciou-me, inclusive, que sabia que era eu quem colocava, todas as segundas, uma bomba de São João amarrada a uma garrafa d'água de dois litros no banheiro com um pavio de cigarro, para explodir e molhar o coordenador, quando ele entrava para escovar os dentes. "Como você sabe?", perguntei. "Warwar", falou ele com a voz fina que tinha, "seu irmão veio para cá porque jogou uma bomba dentro de um elevador; você fuma; semana passada te vi comprando um litrão de água na esquina; e no ruim, no ruim, você é palestino." Fazia sentido. Demos risadas. O sinal tocou.

Subimos conversando, e, antes de entrar na sala, segurei ele pelo braço. "Biza, meu irmão te dava cola, não dava?", indaguei. "Dava." Era a deixa. "Então, é o seguinte, você não precisa mais fazer prova nenhuma. Eu sento do seu lado nos dias de prova, faço a minha e deixo sem nome, trocamos as provas, você coloca seu nome e entrega. Depois eu faço a outra." "Porra, Warwar, aí salvou! O que você quer? Maconha, pó...? Só falar!" Disse a ele que estava tranquilo. Queria mesmo era sossego, dormir no meu canto sem bolinhas de papel, e que o Rogério desistisse da "vendeta".

Dito e feito. Antes da aula, já com o professor em sala, pediu a palavra. Silêncio, todo mundo parou para ouvir: "Aí, é o seguinte: a partir de hoje o Warwar 'tá comigo', ninguém mete a mão nele, se tretar com ele leva tiro, beleza?". Rogério passou a me dar bom-dia; certa vez até trouxe um chocolate, que joguei fora, por via das dúvidas. O Biza, a partir de então, sempre que podia me chamava para o café e uma boa conversa, em que eu ouvia suas histórias do dia a dia contrabandeando muamba no porto do Rio.

Sair na porrada era a forma comum que utilizava para resolver qualquer conflito complicado. Quem me conhece hoje, trabalhando atrás de uma mesa, me descreve como uma pessoa calma, sociável, empática, excelente negociador e um mestre em lidar com conflitos.

Aprendi tudo nos solidificantes dias que formaram meu caráter nas salas de aula do Pinheirão e nas lições que recebi de meu mestre, o bandido boa-praça Biza.

ESPELHO DE PEDRA

Passei mais de um mês na expectativa. A chuva não dava trégua. Marcamos e remarcamos, até que conseguimos subir a Pedra Bonita para filmar a última cena do meu primeiro longa, *O crime da Gávea*.

A equipe toda ia se reunir na base à uma e meia da tarde. De lá partiria para a trilha que leva ao topo da montanha onde era nossa locação. Preferi ir um pouco mais cedo, pois meu preparo físico estava péssimo; depois das cirurgias por que passei engordei demais e, para piorar, estava acometido de uma leve anemia. Chamei o Ricardo Duque, que é o protagonista do filme, e Márcio Melges, meu fiel escudeiro, parceiro, amigo e assistente de direção. Além de me dar uma mão na subida, podíamos usar esse tempo juntos para falar sobre as cenas e sobre outros assuntos relacionados ao filme.

A trilha é íngreme, com certas variações de inclinação, mas no geral é tranquila. O tempo normal de subida é de trinta e cinco minutos. Levamos mais ou menos uma hora, com paradas no caminho. O final da trilha é uma escada natural no barro, um dos trechos mais difíceis. Quando vi o clarão que indicava a chegada ao topo ainda faltavam uns trinta metros. Aquele trecho me separava da realização de um grande sonho, não só meu, mas de muitos – alguns estariam ali comigo, outros acompanhavam de longe a empreitada através de torpedos curtos que mandava do celular.

Não tinha sido fácil chegar até ali. Aliás, "Não está fácil para ninguém", como diria o Daniel. Os passos que dei para chegar até lá em cima foram de uma reflexão profunda dos caminhos que me fizeram chegar aonde cheguei, dos projetos, das parcerias, dos conflitos que causei, da forma apaixonada com que conduzo certos assuntos e, principalmente, do comprometimento e da simbiose que tinha com aquela obra. Assim como o personagem principal do filme, que busca em vida uma explicação lógica para a tragédia que se abateu sobre ele, o que o levou a caminhos inimagináveis, esta vontade que me move a realizar, contar histórias através de imagens, ser "artista" e fazer sucesso me leva a situações que muitas vezes não têm volta. Como outro protagonista, o do meu primeiro filme, *A truta*, que busca o reconhecimento através da ação, ali estava eu subindo aquela montanha. "O verdadeiro sucesso está nos aplausos?", diria o personagem principal, sem nome.

Chegamos ao topo exatamente às duas e cinquenta e cinco. Claro que a hora precisa é fruto do trabalho metódico do Márcio. Acho que isso vem mais do lado de físico formado que do de cineasta. Márcio é brasileiro por acaso; deveria ser francês, primeiro por sua queda por mulheres dessa nacionalidade, e pela queda que elas têm por ele. Vive esbarrando em francesas por aí. Além disso, é de uma seriedade e um comprometimento singulares. O cara vem brincando, contando piada, respondendo às mais diversas perguntas sobre cinema e, quando começa o trabalho, só responde e fala sobre o que estamos fazendo.

Logo que chegamos, passamos rapidamente as cenas, a decupagem, o posicionamento de câmeras e tiramos as fotos de praxe, afinal o visual era simplesmente incrível. O cume é relativamente pequeno, e do alto você vê, além do rosto enigmático da esfinge da Pedra da Gávea (dizem que os fenícios a esculpiram há milhares de anos), a Zona Sul de um lado e a Barra do outro.

A maior parte das cenas era noturna, e tínhamos ainda a tarde inteira pela frente para nos preparar. Depois dessa abordagem inicial achamos uma sombra, armamos nosso pequeno acampamento e descansamos um pouco. Logo depois recebi um telefonema da Miriam, a diretora de produção, avisando que estavam na trilha e chegariam em dez minutos. Quando desliguei, olhei pro lado e o Ricardo estava em pé, sem camisa e com cara de poucos amigos. Perguntei o que tinha acontecido e ele disse que estava tudo bem. Claro que não estava! Meus olhos treinados por anos frequentando centros espíritas deixavam aquela situação muito clara. Faltavam ainda horas para o início das filmagens e ele já estava "recebendo o Paulo", que era o nome do protagonista. Ricardo é um ator magnifico, desses que vivem a vida do personagem enquanto estão no *set*. Quando é o personagem que está, não falamos nada que não seja pertinente à cena. Ficamos sem conversar. Ele se isola naturalmente, e peço para que ninguém o incomode. Pedi por favor que ele não chamasse o Paulo àquela hora, pois ainda queria contar umas piadas, trocar uma ideia, e que desse jeito não ia dar. Ele concordou, pediu pro "Paulo" ir embora.

A equipe de produção chegou em seguida, junto com o coprotagonista, Roberto Birindelli.

Começamos os ensaios de câmera, marcamos todas as posições no chão, que eram por volta de quinze. O assistente providenciou sinalizações para nos locomovermos à noite, e determinou algumas regras de segurança, afinal, as cenas se passavam na beira do precipício, literalmente. Fiquei pensando sobre isso por um tempo. Realmente, filmar ali era muito perigoso. No calor da filmagem alguém podia se distrair e cair lá de cima. O cinema independente é um grande risco. Mas aquilo me deixou meio grilado. Será que vou cair daqui? Que apoteótico seria, "aula", como diria o Daniel. "Diretor cai do alto da pedra depois de terminar seu primeiro filme." Na estreia iam ler cartas, declarações, odes ao cinema e ao filme. Ia ter uma puta foto minha com cara de Glauber Rocha, pendurada em galhardetes ao lado da tela. Pensei muito nisso, principalmente nessa história da foto, e achei melhor redobrar a atenção.

Tínhamos previsto filmar tudo em duas horas, tarefa digna do Ligeirinho, do Coelho Ricochete, do Papa-Léguas ou de qualquer um que conseguisse trancar uma gaveta com a chave dentro. Era preciso total comprometimento da equipe, não podíamos perder tempo. Conversamos sobre isso e achamos melhor esticar a previsão para três horas de filmagens.

Começamos a rodar por volta das sete e meia da noite. O céu estava uma pintura, e ali fizemos o *take* mais bonito do filme, do ponto de vista da fotografia. Sem dúvida nenhuma. O quadro começava preenchido com uma imagem linda de nuvens em tons *dégradé*. Uma suave panorâmica à esquerda descrevia a beleza daquele pôr do sol, enquanto ao mesmo tempo revelava "Paulo", que surgia das encostas e rapidamente ganhava o quadro no canto inferior esquerdo. Assim que ele terminava de subir, contemplava a vista por instantes, cruzava o quadro e parava em frente à câmera, que continuava a suave panorâmica e o enquadrava, agora num *close* no canto direito do quadro. Paulo agora contemplava o outro lado do cume. Sua expressão mostrava toda dúvida, incerteza e ódio que o moveram até ali. Finalmente ia descobrir os segredos da montanha.

Depois disso partimos para as cenas noturnas propriamente ditas. O diretor de fotografia iluminava apenas com um refletor de LED atrás de um difusor que fazia a luz principal e diegeticamente representava o luar. O resto da luz ficou a cargo de lanternas que os personagens seguravam, e os fundos sempre de luzes distantes da cidade, mostrando, portanto, a altura do lugar. Simples e magnífico ao mesmo tempo. Seguimos fazendo *take* após *take*, cena após cena em sintonia total. Todos, sem exceção, estavam com uma motivação única, que era alimentada a todo instante por momentos mágicos. O elenco magistral, a luz incrível, planos simples que contavam a história e *closes*, *closes* e mais *closes*.

Rodamos plano após plano e finalmente chegamos à cena da morte. Sim, vou falar mais uma vez de uma cena de morte.

O personagem do Birindelli chama-se Jordão e, por conta de escolhas erradas, se vê pendurado num grande abismo à beira da morte, e a única pessoa que pode ajudá-lo é seu rival e inquisidor, Paulo. Suspeitando da fidelidade da falecida esposa, Paulo resolve confrontar Jordão no alto da montanha. O lugar que escolhemos para fazer a cena oferecia realmente algum perigo. Era um pequeno platô entre uma vegetação e o abismo. O platô era marcado por uma fenda no chão, da largura de um dedo, e a partir dessa fenda tinha um caimento que se acentuava conforme se aproximava do abismo. O platô devia ter uns três metros de largura e o caimento, uns seis metros até o vazio. Rodamos o início da cena que termina num *close* de Jordão. O resto da cena já havia sido gravado na Urca, mas o resultado, para mim, tinha sido péssimo. Um filme é feito de acertos e erros, e tínhamos errado logo na cena mais importante. Fiquei com esse final de cena na cabeça por meses, pensei em tirar do filme, colocar fragmentos ou "resolver na edição". Mais uma vez quis arriscar.

O Roberto é um ator tão visceral quanto o Ricardo, e muito técnico também. O trabalho de corpo dele é incrível, e sabia que podia contar com isso a favor do filme. Podia contar com o Ricardo e, conhecendo o que conheço do Birindelli, tinha certeza de que ele toparia. Conversei com eles e expliquei minha insatisfação com o final da cena, assumi a responsabilidade, afinal, tudo que dá errado é culpa do diretor, e pedi para fazer a cena de novo. Eles toparam imediatamente. No entanto, havia um problema. Para dar certo, precisava que o Roberto se deitasse na pedra naquele trecho inclinado próximo ao abismo, ficasse com as mãos na fenda, e um truque com a câmera (bastava que ela também estivesse deitada) daria a impressão de que Jordão estava à beira da morte. Era arriscado. Havia a possibilidade de ele cair. Era pequena, mas existia. Discutimos sobre como fazer e os cuidados que tínhamos que tomar. Estava muito escuro, e a luz que iluminava aquele pedaço de pedra vinha apenas das lanternas de nossas cabeças e da Lua que caprichosamente estava quase cheia.

Roberto deitou-se, se preparou por alguns instantes e desceu o corpo na pedra para esticar os braços. O efeito era incrível. Nas imagens ele estava realmente pendurado. Ricardo ficou, então, na marca e trouxe o Paulo, que chegou novamente numa explosão: "Segura, Jordão, você vai cair!", gritou na escuridão. Aquela situação era tão verdadeira que a angústia com a iminência da morte tomava a equipe. Todos começaram a viver aquela vertigem também. A execução continuou tensa. À beira da morte, Jordão gritava, pedia ajuda. O desejo interior de todos era salvá-lo. Paulo, o único ali com esse direito, tentou. Com o rival à beira da morte, tornou-se cúmplice. Por instantes, suas mãos se tocaram. Ficaram unidos. Jordão disse que assim que saíssem daquela situação poderiam conversar. Quem sabe ficar amigos? Paulo queria desvendar também os mistérios da montanha. Não pôde. Não deu. Jordão caiu no abismo. Um grito que sumia ao longe marcou sua morte. No *close* de Paulo a expressão sombria do criminoso e da vítima ao mesmo tempo. Deixou mais uma vida escapar. Silêncio. Pesar. Luto. "Corta!" Ninguém falou nada. Apenas nos olhamos e todos, cúmplices, sabíamos que tínhamos feito uma grande cena.

Encerramos a gravação à meia-noite. Fim das filmagens. Sorrimos, nos abraçamos, comemoração contida e emocionada de quem tinha acabado de perder um ente querido. Coisas lindas que todos nós fizemos, momentos únicos que vivemos, ficariam para trás. Pessoas próximas que nunca mais veremos, como no final do ano escolar. No abraço do Márcio pensei no grande cara que ele é. Incansável. Quis pedir desculpas por muitas vezes ter sido rude com ele. Não consegui, me faltaram palavras. Acho que entendeu. Pensei na minha mãe e em como faço as coisas para ela poder se orgulhar de mim. Senti uma saudade enorme de abraçar meu filho. Pensei na minha família, que estava lá embaixo naquelas luzinhas esperando por notícias minhas. Pensei, por fim, no meu pai, que estava nas estrelas no céu, e de como estava um pouco mais perto dele naquela hora.

Truffaut, em *A noite americana*, mostra que a execução da obra artística é bem mais interessante do que seu resultado final. No cinema, ainda mais prazeroso, mais cansativo, mais demorado, mais apaixonante, mais estressante, mais enriquecedor. Naquela hora tive certeza disso.

Antes de descer, na beirada da trilha, olhei uma última vez para trás. Vi, banhado pelo luar, o rosto da Pedra da Gávea, que me olhava também. No reflexo de meus pensamentos um caleidoscópio de imagens, de rostos, de lembranças... Entendi, nesse último olhar para esse espelho de pedras, o porquê de tudo que vivi até ali.

A PRIMEIRA LUZ DAS JANELAS

Andrea. Minha primeira namorada. Meu primeiro amor. Mu-dou minha vida para sempre quando, fruto desse amor, trouxe para o mundo meu amado filho Daniel. Lembro do dia em que ela entrou na lavanderia em que eu trabalhava, pegou minha mão, colocou em seu ventre e disse: "Estou grávida". Não sei explicar, não sei escrever, não sei falar sobre o que senti.

Nove meses depois, nós dois entramos no hospital e saímos em três. Uma família. De lá até em casa, minha mão suava, mal conseguia dirigir o carro. Dirigir no Brasil é uma roleta--russa. Tinha que levar aquele minieu para o quarto que estava esperando por ele. Não tinha cadeirinha nem nada. Andrea, sentada no banco de trás, Daniel no colo, e eu andando tão devagar que, a pé, chegaria em casa mais rápido. Lembro de ter pensado: "Devia ter um carro-forte".

Ter um filho é como tomar a pílula vermelha do *Matrix*. No filme, descobre-se a verdade por trás do mundo ilusório, da falsa realidade, criada por um computador. Na vida, depois que se é pai ou mãe, descobre-se o verdadeiro propósito da existência. Quando saí da sala de parto, começou o processo de mudança. Não é um remédio sublingual, em que o efeito é quase imediato. Entender o que é ser pai vem com o tempo. Não derramei uma lágrima no momento do nascimento. Estava filmando. Meses depois, quando assisti novamente, chorei de soluçar. Nunca mais fui o mesmo. Nem ela. Talvez por conta disso, a vida, depois de um ano, acabou nos separando. O respeito e o amor nunca deixaram de existir. E assim criamos o Daniel, juntos, cada um na sua casa. Ele cresceu e se tornou um menino lindo, cheio de vida, bom humor e alegria. Contagiante. Lembro que na festinha, depois de sua primeira comunhão, aos nove anos, colocou um porquinho de barro, cofrinho mesmo, na mesa da sala com um cartaz: "Me alimente!". Ainda vestido todo de branco, colocou um banco alto, desses de bar, no centro da sala de jantar e contou piadas por quase uma hora. Um *stand-up* mesmo. O porquinho terminou a noite cheio.

Os anos se passaram. Ele cresceu e tinha por volta dos onze anos quando virou adulto.

Numa segunda, dia 20 de agosto de 2007, Andrea fez diferente do que fazia todos os dias. Estava precisando trocar uns dólares que tinha guardado. Em vez de seguir para o trabalho, deixou o Daniel com os pais e partiu para o Aeroporto do Galeão, atrás de uma casa de câmbio. Perdeu a entrada e teve que fazer a volta na praça do avião, na ilha do Governador. Parou num sinal. Quando o sinal abriu e ela saiu com o carro, não conseguiu ver, por conta de um muro, o caminhão de frutas que vinha na transversal e não parou no sinal vermelho. Morreu na hora.

Coube a mim, entre outras coisas, dar a notícia a meu filho. Estava ele com onze anos. Como fazer isso? Liguei para meu terapeuta e perguntei. Orientado por ele, segui naquela amarga missão. Fui com meus irmãos, sempre comigo nessas horas difíceis, em busca do meu filho. Lembro de ter ido por todo o caminho, no banco da frente, com a cabeça encostada no vidro, olhando pelo reflexo meu irmão Alexandre, que ia dirigindo. Rony sentado atrás. Nada falamos. Não precisávamos. Já tínhamos, os três, passado por isso, quando perdemos nossa avó atropelada na calçada. Naquela viagem sem fim, cada um lembrou disso, à sua maneira. Aconteceu de novo, agora com meu filho. A vida dos irmãos Warwar é cheia de momentos de luto como esse. Chegamos. Alexandre e Rony ficaram no carro. Saí, e Daniel estava brincando com uns primos. Tinham dito para ele que a mãe estava demorando porque tinha batido de carro. Quando me viu, caminhou em minha direção. Seus olhos cruzaram os meus rapidamente. Olhou triste para o chão. Peguei-o pela mão, andei alguns metros e sentei ele no meio-fio. Abaixei na altura de seus olhos, segurei firme em seus braços e pedi para olhar para mim. No instante em que novamente nossos olhares se encontraram, disparei: "Sua mãe morreu".

Enterrou a mãe duas vezes. Como ela queria ser cremada, seguimos para o crematório. Enquanto velávamos o corpo, um advogado tentava uma autorização para a cremação, pois, é claro, Andrea não tinha planejado partir tão cedo. Não conseguiu. Tivemos que velar ela de novo no dia seguinte, no São João Batista.

À noite, quis saber como foi. A melhor maneira que encontrei foi ler a notícia do jornal. Fria. "Mulher morre em acidente na Praça do Avião."

Levei ele para a casa da minha mãe, decidi morar lá com ele. Achava melhor. Dormíamos na mesma cama. Uns três dias depois, Daniel acordou, sentou-se, olhou para mim e disse: "Vou para minha casa, se você não quiser ir, não precisa". Ali, novamente diante dos meus olhos, nasceu outro. Mudado.

Diante daquele moleque tão decidido, não me restou nada a fazer a não ser ir com ele.

E lá fomos nós, velejar num oceano assustadoramente desconhecido.

O luto é uma coisa interessante. Na primeira semana, todo mundo quer saber como estão as coisas. Depois tem a missa de sétimo dia, segunda chamada para quem não foi ou não gosta de velório. Todo mundo muito consternado, afinal, uma morte tão repentina é algo que mexe com a gente. A igreja lotada de pessoas que nunca vi, que nunca viram o Daniel. Muito amor pela Andrea passou por ali.

O fato é que três meses depois ninguém te liga para saber como estão as coisas. Quer dizer, tirando a família – e mesmo assim com o lema "Vida que segue" –, ninguém mais quer saber de nada. Hoje ainda rola stalkear no Instagram. Veja bem, não é que as pessoas não ajudem. Dezenas ajudaram. Minha família ajudou. Alguns poucos amigos também. Mas, no fundo mesmo, estávamos sozinhos.

Explico: um pai pouco convencional como eu, daqueles que deixa o filho fazer o que quer, que não dá importância a pequenas traquinagens, às vezes até fazendo junto, que achava o ensino das escolas medíocre e que criança tinha mesmo que brincar e não passar o fim de semana estudando, e que a frase que mais ouvia era "Você não é amigo do seu filho, é o pai", enfim, um pai como eu não recebe crédito de ninguém para criar uma criança sozinho. Minha vida virou um programa do *Você decide*. Todo mundo querendo escolher para onde a nossa história ia. Até a terapeuta da Andrea me chamou para falar em nome dela. Um absurdo. Ouviu o que não queria. Deixei muita gente falando sozinha. Com outras, nunca mais falei.

O maior desafio numa situação como essa não é lutar para ele não "perder o ano" na escola. Perder o ano? Foda-se. Esse foi fácil. Difícil é explicar por que isso estava acontecendo com ele. Por que a mãe dele, e não a dos outros duzentos e poucos amiguinhos da escola, tinha morrido. Os mesmos amiguinhos que agora faziam *bullying* com ele. Criança quer saber como foi. Quer detalhe. Aponta e fala: "Aquele ali é garoto que a mãe morreu no sinal". Ir à aula era um martírio. Trocou de escola três vezes. Quando ia pra quarta em menos de dois anos, decidi: não precisa estudar mais. Decisões.

O maior desafio mesmo era tirar ele daquele lugar. Da tristeza. Do pesar. Do coitado. Da vítima. Ele não queria. Eu não queria. E lá fomos nós dois, juntos. Não o pai e o filho, mas os amigos. Naquela de tirar ele daquela melancolia sem fim, acabei notando que em pequenos momentos de alegria, simples do dia a dia, ele conseguia emergir daquele mar revolto e respirar. Era isso! Não adiantava falar do que aconteceu ou fazer promessas de futuro. Como diria meu amigo Gabriel Eskenazi: "Data hoje, hora agora".

O escritório virou uma *lan house* em que jogávamos em rede por horas a fio. Transformamos a casa num acampamento. Dormíamos muitas vezes na sala, outras vezes ele dormia na varanda, que de tão pequena só cabia ele e seu saco de dormir. Ficávamos de mãos dadas, eu do lado de dentro, ele do lado de fora. Claro, quando a gente conseguia dormir. Quem diz "Nada como um dia após o outro" não sabe que o difícil mesmo é a noite triste que tem no meio.

Começamos a criar jogos. Um dos mais bacanas acontecia nas noites de insônia. A ideia foi dele. Na frente de nosso prédio tinha um outro, todo envidraçado, cheio de janelas. Sentávamos lá pelas cinco da manhã na varanda e enquanto conversávamos ficávamos olhando para o prédio. Quem visse a primeira luz acender ganhava. Um dia ele acertava, o outro eu, e assim por diante. Depois de algumas semanas, começamos também a imaginar quem era a pessoa, por que acordava tão cedo, quem morava com ela, o que ia fazer pro café. Quanto mais absurda fosse a situação, melhor. Dávamos muitas risadas.

Seguimos, assim, dividindo o leme e atravessando um oceano deliciosamente desconhecido. Para onde íamos não fazia diferença. Quando o porto de chegada é mais importante do que a jornada, muita coisa se perde no caminho. O que realmente contava para nós era viver intensamente a travessia.

O início dessa nova e incrível viagem mar adentro, que fez com que nossas vidas se transformassem em pequenos grandes momentos de conexão, alegria, diversão e amor, começou naquela primeira luz das janelas.

AGRADECIMENTOS

Agradeço a todos os personagens que estiveram comigo ao longo desta jornada. Ao meu amigo que contribuiu com críticas, sugestões e inspirações, Willians Dias. Foi ele que me ajudou com o prefácio, que não saía. Ao generoso Daniel Leite, leitor de primeira hora, que me fez refletir com seus comentários, sobre as grandes metáforas que vivi; muitas reflexões que estão aqui vieram de nossas conversas. Em especial no conto Pérola Negra. Ao Kerr e ao Kesner, que comigo formaram o *protocolo fantasma,* fizemos muitas coisas importantes juntos. Ao Marcel Klein e Gustavo Gondim, as pessoas mais inteligentes que conheço, parceiros de vários momentos difíceis na minha vida profissional. Ao Angai Von Ranke, que me inspirou a ser uma pessoa melhor e mais culta. A Aline Correira, pelos destaques, madrugadas adentro. Ao André Braun, meu biógrafo e Grilo Falante, diz o que preciso ouvir. Ao meu tio Cassiano, que me ensinou a velejar. Ao meu afilhado Tiago Paiva Taddei, por me servir de exemplo. Ao Celso Taddei, melhor amigo de uma vida, o único que sabe quem eu sou. Ao Rodrigo Tápias, meu irmão mais velho, que sempre esteve à distância de um telefonema. À Claudia Paiva, que deu a chave da casa dela e recebeu meu filho como seu. À Eunice, meu anjo da guarda. Ao Claudionor, Cowboy, meu segurança espiritual. À minha irmã de vida, Patrícia Couto, por estar comigo em momentos difíceis e por me ajudar a contar centenas de vezes "A primeira luz das janelas". À minha filha Catarina, "Fofinha", com quem tive a verdadeira parceria e a mais linda razão de sete anos de felicidade. Aos meus cunhados Karina, Andrea e Fábio, que são Warwars também. À nova geração: Pedro, Rafaela, João e Lucas, que alegria de conviver. À dona Guina e ao seu Cassiano. Sempre. À minha irmã, Carol, muito amor sinto por você. Sua lealdade me enche de alegria. Aos meus irmãos amados Xandão e Rony. Muito foda poder ter com vocês essa relação única e singular. Somos totalmente diferentes. Nos completamos. As aventuras que vivemos e as dificuldades que passamos nos tornaram o que melhor se pode tirar da palavra *irmão*. Sem vocês, não estaria vivo. Mergulharam no poço para me resgatar.

Especialmente ao meu amado filho Daniel, que me ensinou a jogar a moeda do destino, me acompanhou em muitas aventuras e é a razão deste livro e da minha vida.

Nas minhas redes você encontrará fotos e vídeos sobre os contos que leu aqui:

www.facebook.com/APrimeiraLuzDasJanelas/

www.warwar.com.br

instagram.com/andrewarwar/

Esta obra foi composta em Avenir LT Std 10 pt e impressa em papel Polen soft 80 g/m² pela gráfica Paym.